D1693711

Gottfried Bürgin
Das Jahr der Rebe

Gottfried Bürgin Das Jahr der Rebe

Verlag Neue Zürcher Zeitung

© 1983, Verlag Neue Zürcher Zeitung, Zürich
Satz: Febel AG, Basel
Druck: Grafische Betriebe NZZ Fretz AG, Zürich
Fotolithos: Kläusler AG, Kloten; Reprozwölf, Wien
Einband: Buchbinderei Burkhardt AG, Zürich
Gestaltung: Heinz Egli, Zürich
ISBN 3-85823-078-2
Printed in Switzerland

Inhalt

Kommt, Freunde, der gastliche Tisch ist gedeckt,
Und der Abend ist düster und bleiern;
Wir wollen den Wein, der uns wärmt und weckt
Und die Rebe wollen wir feiern.

Hermann Hiltbrunner

Einleitung

Die Geschichte der Rebe ist schon oft geschrieben worden. Sie hat in breiten Kreisen immer nur wenig Beachtung gefunden, und für die Nachfahren der verschiedensten Kulturkreise wurde sie erst dann interessant, als sie sich zur Geschichte des Weinbaues entwickelte. Aber auch was vor der eigentlichen Weinkultur geschah, beschäftigt die Gelehrten heute noch. In diesem Kapitel der Geschichte sind noch viele Fragen offen. Vor allem wird wohl nie exakt nachzuweisen sein, wann und wo die Wildrebe zur Weinrebe kultiviert wurde. Blätter und Samen der Rebe sind in den Tertiärformationen nachgewiesen, und in den Abfallhaufen der Pfahlbauer fanden sich Ranken, Stiele und Kerne. Neue Funde, exaktere Datierungsmethoden, vergleichende Untersuchungen werden dieses Mosaik noch bereichern, doch bestimmt nicht alle Fragen beantworten.

Für unsere Gegenden steht fest, dass die Rebe die älteste eingeführte Kulturpflanze der gemässigten Zone ist. Ob sie sich aber, lange bevor sie zu uns kam, in nur einer Region entwickelte und von dort ausbreitete oder ob sich die Reb- und Weinkultur in verschiedenen Ländern ähnlich entwickelte, darauf gibt es keine schlüssige Antwort. Sicher ist, dass die Römer die Rebe in unsere Gegenden einführten und dass sie später dank den Klöstern und den Zünften eine grosse Verbreitung erfuhr.

Die heute noch vorhandenen Rebflächen liegen zur Hälfte im Bereich der Alpen. Das Hauptgebiet der Reben im Mittelland befindet sich am Lac Léman, und der Rest ist geographisch dem Jura zuzuordnen.

Vergleicht man die Rebberge dieser Gegenden, sieht man wie sie sich in ihrer Entwicklung den landschaftlichen Gegebenheiten angepasst haben. Das gibt der Schweizer Weinkultur eine Vielfalt, die jedem aufmerksamen Beobachter auffallen muss und die wir in diesem Buch hervorheben möchten.

Einige Erscheinungen dieser Entwicklung sind leicht zu erklären. So ist zum Beispiel die heute im Kanton Tessin zum Teil noch vorhandene Pergolakultur offensichtlich auf die Zeit zurückzuführen, als die Kulturrebe an Bäumen gezogen wurde. Die besonders in den letzten Jahrzehnten im ostschweizerischen Rebbau durchgeführte Umstellung vom Stickelanbau auf die Drahtkulturen ist in erster Linie eine wirtschaftlich bedingte Veränderung.

Der schweizerische Weinbau ist von grosser volkswirtschaftlicher Bedeutung und jede Region muss innerhalb ihrer geographisch-klimatischen Bedingungen eine Anbaumethode finden, die eine kostendeckende Produktion ermöglicht. Die Tendenz der letzten Jahre heisst denn auch: Reduzierung der Lohnkosten, mehr Mechanisierung. Heute ist es eben nicht mehr möglich, einen grossen Rebberg im Taglohn hacken zu lassen wie noch vor dem Zweiten Weltkrieg, als man die Taglöhner kurzfristig aufbieten konnte. Das gilt für fast alle Arbeitsbereiche. Beim Frostschutz etwa ist es nötig, die Einrichtungen mit wenig Zeitaufwand anbringen und entfernen zu können. Die gleichen Probleme stellen sich beim Spritzen mit chemischen Mitteln. Ob man die Arbeit zu Fuss, mit einer kleinen Spritze am Rücken, verrichtet oder ob man mit einer motorisierten Spritzeinrichtung zwischen den Stöcken durchfahren kann, ist eine Frage der Kosten. Auch der Vogelschutz im Herbst ist eine Frage des Aufwandes. Zeitaufwand, Materialaufwand, Wiederverwendungsmöglichkeiten müssen genau abgewogen werden. Betriebswirtschaftliches Rechnen gehört heute ebenso zur Ausbildung eines Rebbauern wie der Pflanzenschutz und die Maschinen- und Gerätekunde.

Doch vieles ist in der jahrhundertelangen Entwicklung gleich geblieben. Der Boden muss bearbeitet, der Rebstock das Jahr über gehegt und gepflegt werden, und gerade diese Arbeiten sind in hohem Masse vom Klima abhängig. Deshalb kann auch eine weitere Mechanisierung, können neue Mittel und Methoden dem Rebmann die täglichen Sorgen, die Unsicherheit über den Ertrag nicht abnehmen. Ist diese Verbundenheit mit der Natur der Grund, weshalb im Rebbau soviel Traditionelles unverfälscht überdauert hat? Doch traditionelle Arbeit kann sich nur über Generationen erhalten, wenn sie nicht um ihrer selbst willen gepflegt wird, sondern wenn sie auch den besten Ertrag gewährleistet. Was wir heute über den Rebbau wissen, steht zum Teil schon bei den römischen Agrarschriftstellern aufgezeichnet. Was damals über die Beschaffenheit der Böden, über Neuanpflanzungen, über die besten Lagen, über Schädlinge und vor allem über den Rebschnitt festgehalten wurde, ist in den Grundzügen heute noch gültig.

Auch Fass und Rebmesser sind Geräte, die nicht eine Jahrhunderte, sondern eine Jahrtausende alte Geschichte haben. Und es ist nicht abzusehen, und kein Mensch wagt diese Prophezeiung, dass diese Geräte einmal verschwinden könnten. Sicher ist bei uns in der Schweiz das Rebmesser ausser Gebrauch. Aber im Burgund, in Südfrankreich und in Griechenland ist es in jedem Eisenwarenladen noch zu haben, und es wird auch noch gebraucht. Das Jahr der Rebe! Ob wir es als identisch mit dem Kalenderjahr betrachten oder sein Ende und seinen Neubeginn nach der Lese ansetzen, der Ablauf bleibt sich gleich. Verschiebungen allerdings gibt es von Jahr zu Jahr, die Kulturen richten sich nach dem Wetterverlauf, nicht nach den Kalenderdaten. Die Arbeiten im Rebberg können sich je nach Witterungsverlauf und Region um drei bis vier Wochen verschieben. In unserem Kalendarium halten wir uns an den zeitlichen Ablauf, wie es sich im Mittel im östlichen Landesteil gestaltet. So kann etwa in frühen Lagen am Genfersee dieselbe Arbeit bereits einen Monat früher in Angriff genommen werden, während in der Bündner Herrschaft ein diesbezüglicher Rückstand zu verzeichnen ist. Der Witterungseinfluss bringt es mit sich, dass die Erträge von Jahr zu Jahr grössere Schwankungen aufweisen. Im Gegensatz zu südlicheren Regionen können bei uns Spätfröste die Ernte schon im Frühjahr zum Teil oder ganz vernichten. Hagelwetter nach dem Blust kann nicht nur die jungen Trauben zerstören, sondern auch am Holz so grosse Schäden anrichten, dass gar das folgende Jahr noch beeinträchtigt wird. Das zeigt auch, dass im Grunde genommen die Rebkultur einem zweijährigen Zyklus unterliegt. Schon beim Schnitt im Frühjahr hat der Rebmann nicht nur das laufende Jahr vor Augen, sondern er überlegt sich bereits, wo das Fruchtholz für das nächste Jahr stehen soll. Bei der Laubarbeit gilt das gleiche.

Triebe, die für das nächste Jahr das Fruchtholz abgeben werden, müssen anders behandelt werden als die Schosse, die man im Frühjahr ganz zurückschneiden wird. All diese Voraussetzungen, die schlecht, mässig bis hervorragend sein können, erklären die rein mengenmässigen Schwankungen der Erträge. Dazu kommen noch die Qualitätsunterschiede, die natürlich auch in erster Linie wetterbedingt sind. Doch gerade in diesem Punkt zeigt sich die Fähigkeit des einzelnen Weinbauern. Seine Entscheide, die er immer wieder zu fällen hat, beeinflussen den Ertrag in jeder Hinsicht. Viele Weinliebhaber interessieren sich erst im Herbst für den Weinbau. Für sie tritt der Rebberg erst dann in ein entscheidendes Stadium, wenn die Trauben Farbe bekommen und die Lese nicht mehr fern ist. Was es aber braucht, bis alles so weit ist, das sollen die nachfolgenden Bilder und Texte aufzeigen: die schöne, mühevolle, unsichere Arbeit im Laufe eines Jahres.

Neuanlage einer Terrassenkultur in Dietingen/Iselisberg/TG.

Januar
Februar

Strohröcke als Frostschutz sind in
Stickelkulturen der Ostschweiz
noch weit verbreitet.

Januar

Wetter

Die Rebe ruht – und vermag in diesem Zustand sehr tiefe Temperaturen von minus 15 bis 19 Grad Celsius schadlos zu überstehen. Wie alle Landwirte, fürchten auch die Rebbauern einen zu warmen Januar. Das bezeugt auch eine Bauern-Regel aus Hallau: «Ist er warm, der Januar – wenig taugt das ganze Jahr».

Arbeit im Rebberg

Im Januar ist es Zeit, Mist oder Müllkompost in den Rebberg einzubringen.

Keller

Im Keller wird die Entwicklung des Weines sorgfältig geprüft. Bereits gut entwickelte Lagen können vorfiltriert werden. Erste Probeabfüllungen sind möglich.

Klimatabelle der Durchschnittswerte	Temperaturen °C		Niederschläge mm		Sonnenschein Std.	
	1981	1901–1960	1981	1901–1960	1981	1931–1960
Basel	−0,4	0,2	67	46	80	63
Bern	−2,4	−1,1	73	55	64	56
Lugano	2,7	2,3	1	57	168	117
Montreux	0,2	1,0	133	68	53	61
Neuchâtel	−0,9	0,0	101	77	42	39
Zürich	−2,0	−1,0	95	68	40	46

Februar

Wetter

Auch der Februar soll, besonders in Rebbaugebieten, nicht zu schönes Wetter bringen. Allerdings sollte jetzt die Kälte nachlassen, heisst es doch: «Februarschnee bedeutet wenig Korn im Speicher», beziehungsweise: «Februarregen ist Mist wert.»

Arbeit im Rebberg

Immer noch ist es Zeit, um Mist einzubringen. Wenn die Erde etwas abgetrocknet ist, kann schon Ende Februar mit dem Rebschnitt begonnen werden.

Keller

Alle Geräte für die Abfüllungen werden überprüft und bereitgestellt.

Klimatabelle der Durchschnittswerte	Temperaturen °C		Niederschläge mm		Sonnenschein Std.	
	1981	1901–1960	1981	1901–1960	1981	1931–1960
Basel	0,4	1,4	30	42	98	80
Bern	−1,5	0,3	26	53	110	89
Lugano	3,3	3,6	2	67	124	143
Montreux	0,8	1,9	52	66	84	91
Neuchâtel	−0,2	1,0	35	67	92	78
Zürich	−1,0	0,2	24	61	85	79

Winter

Im Januar ruht die Rebe. In diesem Zustand übersteht der Rebstock in unseren Gegenden auch extreme Wintertemperaturen bis zu minus 19 Grad Celsius. Das setzt allerdings voraus, dass das Rebholz gut entwickelt ist, die Triebe nicht mehr grün, sondern gut verholzt sind. Gefährlich sind deshalb für die Kulturen die zu früh nach der Lese einsetzenden Fröste und vor allem die tiefen Temperaturen nach dem Schnitt, wenn sich die Knospen entwickeln. Eine einfache Regel sagt, dass die durchschnittliche Januartemperatur nicht unter minus 1 Grad Celsius absinken sollte.

Noch vor 50 Jahren wurden in exponierten Lagen die Reben im Herbst abgelegt. Dazu mussten die Reben vom Stickel gelöst werden. Die Stickel wurden ausgezogen, der ganze Stock auf den Boden gelegt und mit den Stickeln, die quer daraufgelegt wurden, niedergehalten. Befürchtete man sehr tiefe Temperaturen oder war die Lage des Rebberges besonders exponiert, bedeckte man die Stöcke zusätzlich mit Stroh. Dann wurden Stroh und Rebe mit den Stickeln niedergehalten. Diese Methode ist nicht nur nach der Lese, sondern besonders auch im Frühjahr, beim Wiederaufrichten vor dem Schnitt, so arbeitsintensiv, dass sie heute schon aus Kostengründen nicht mehr möglich wäre. Zudem ist ein Ablegen in den Drahtkulturen, besonders bei den Zweistöckigen, auch aus Platzgründen kaum mehr durchzuführen.

Man muss aber berücksichtigen, dass noch im letzten Jahrhundert Reben in Lagen angebaut wurden, die heute ganz eindeutig ausserhalb der Rebzone liegen. So gab es zum Beispiel noch Reben im Unterengadin und auch im Engelbergertal. Dass diese Lagen mehr Schutz brauchten, der Ertrag aber trotzdem sehr gefährdet war, ist selbstverständlich und erklärt auch die vielen Missernten in jener Zeit.

Nasser Frühjahrsschnee in einem
Rebberg am Rhein.

Die Januar-Sonne vermag den Schnee an den Stöcken abzuschmelzen und das Holz zu trocknen.

Gut verholzte, einjährige Triebe überstehen auch tiefe Temperaturen.

Mit Schnüren vorgezeichnete Stik-
kelreihen am Hallauerberg.

Neuanlagen

Neuanlagen müssen langfristig geplant werden. Bei der Erneuerung bestehender Pflanzungen ist zu entscheiden, ob wieder die gleiche Sorte angebaut werden soll. Eigentliche Neupflanzungen, die keine blossen Verjüngungen sind, dürfen nur in der Rebbauzone angelegt werden. Ein Gesetz aus dem Jahre 1959 hält fest, welche Gebiete «sich unbestreitbar für den Rebbau eignen». Den Ertragsausfall in der Zeit, bis die neuen Reben Früchte tragen, müssen andere Parzellen ausgleichen. Deshalb erneuert man auch in grossen Anlagen meist nur 10 Prozent der Fläche. Frühzeitig muss auch das Pflanzgut bestellt werden. Die staatlich anerkannten Rebschulen können nicht unbeschränkt Stecklinge heranziehen, denn diese müssen im zweiten Jahr nach der Veredlung ausgepflanzt werden. Kritisch wird die Lage bei den Lieferanten, wenn nach einem extrem kalten Winter grössere Parzellen erfroren sind und gesamthaft zu erneuern sind. Kein Rebbesitzer

möchte seinen Weinberg unnötig ein Jahr lang brach liegen lassen. Wenn es die Witterung zulässt, wird ein Rebberg, der zu erneuern ist, nach der Ernte ausgestockt, das heisst, die Rebstöcke werden mit mechanischer Hilfe aus dem Boden gerissen. Die Wurzeln bleiben dabei zum grössten Teil in der Erde. Sind November und Dezember noch schnee- und frostfrei, kann bereits planiert werden. Wege, Treppen und Schwemmgräben werden angelegt, im besten Fall kann man auch schon die Rebstickel einstossen. Im Frühjahr wird der Boden nochmals bearbeitet, meist mit dem Pflug gelockert. Ausgepflanzt wird erst, wenn der Boden genügend abgetrocknet und vor allem erwärmt ist und wenn keine Fröste mehr zu erwarten sind. Die im Vorjahr gezogenen Stecklinge werden aus dem Kühlkeller der Rebschule angeliefert. Diese jungen Pflanzen überwintern nicht im Freien. Nicht weil sie den Winter nicht überstehen würden, sondern

Die Gassen zwischen den Stickelrei-
hen werden mit Stroh abgedeckt.

Sorgfältig wird der Steckling
auf den feuchten Torfgrund im
Pflanzloch aufgesetzt.

weil sie zu früh austreiben würden.
Bei der Auspflanzung müssen die
Augen noch ruhen, deshalb wird
der Vegetationsbeginn im Kühlkeller zurückgehalten.

Nach einem genauen Plan werden
die Stecklinge ausgepflanzt. Die
Rebstickel stehen, mit Schnüren
ausgerichtet, in der Parzelle. Mit der
Haue oder einem motorbetriebenen
Lochgerät wird vor jedem Stickel
ein Loch ausgehoben. Eine Hand-
voll feuchte Torferde wird ins Loch
geschüttet, dann der Steckling eingesetzt. Damit der Boden nicht zu
schnell austrocknet und bei starken
Regenfällen weniger abschwemmt,
deckt man ihn oft mit Stroh ab.
Im ersten Jahr müssen die Stecklinge
besonders gut gepflegt werden. Die
Bodenbearbeitung ist wichtig,
damit die junge Rebe nicht von
Unkraut überwuchert wird. Bei
guter Witterung und Pflege sind
Ausfälle, das heisst Stecklinge, die
nicht gedeihen, äusserst selten.
Auch wenn eine Neuanlage auf
Drahtkultur ausgerichtet ist, müssen

die jungen Reben in den ersten Jahren noch am Stickel gezogen werden.

22

Bald nach dem Auspflanzen treiben die Augen des veredelten Triebes aus.

Die Stecklinge werden gegen das Austrocknen in einem feuchten Sack geschützt.

Neuanlage in der grössten Weinbaugemeinde der Schweiz: Satigny
im Genfer Mandement.

Kanton Genf

Der Kanton Genf ist ein in histori-
schen Dokumenten schon sehr früh
nachgewiesener Weinbaukanton.
Schon im «Lois Gombettes», ca. 500
n. Chr., finden wir Bestimmungen
über den Weinbau. Auch heute ist
der Kanton Genf noch der dritt-
grösste Weinbaukanton der
Schweiz.
Die grösste Ausdehnung erreichte
das Rebareal hier gegen Ende des
19. Jahrhunderts mit knapp 2000
Hektaren. Zu dieser Zeit kannte
man in der Gegend von Genf auch
noch die «hutins», hohe Reben, die
zwischen bzw. an Obst- und Maul-
beerbäumen kultiviert wurden.
Die Gesamtanbaufläche beträgt
heute 1132 Hektaren. Nach der
Jahrhundertwende war Genf fast
ausschliesslich ein Anbaugebiet für
Weissweine, heute beträgt der
Anteil an roten Gamay-Kulturen
schon über 30 Prozent. Das Haupt-
anbaugebiet liegt im Mandement,
im Südwesten des Kantons, mit den
Gemeinden Satigny, Russin, Dar-
dagny. Allein die Gemeinde Satigny

besitzt ein Rebgebiet von mehr als 440 Hektaren und ist damit die grösste Weinbaugemeinde der Schweiz. Das zweite Anbaugebiet wird mit Arve et Rhône bezeichnet, das dritte und kleinste heisst Arve et Lac.

Alte Rebsorten in der Gegend von Genf waren der rote Savoyan und der Printanier, die weissen Sorten hiessen Gouet, Clairette und Folle blanche. Heute beherrscht die Chasselas-Traube mit über 50 Prozent den Anbau, doch geht ihr Anteil zugunsten der ertragreichen Gamay-Traube ständig zurück. Durch einen Beschluss des Regierungsrates dürfen die weissen Genfer Chasselas-Weine unter der Sammelbezeichnung Perlan verkauft werden. (Die Walliser verkaufen ihren Chasselas-Wein bekanntlich unter der Sammelbezeichnung Fendant.)

Die Weinbaugebiete im Kanton Genf sind sehr flachhügelig und grossflächig, was im Gegensatz zu steilen Hanglagen fast durchwegs eine mechanische Bewirtschaftung zulässt. Deshalb sind auch rund 90 Prozent der Anlagen enge Guyot-Drahtkulturen.

Wegweiser zu den bekanntesten Genfer Weinbaugemeinden.

Die Rheinhalde, der schöne Rebberg der Stadt Schaffhausen.

Kanton
Schaffhausen

Die Bergkirche von Wilchingen, im Hintergrund der Hallauerberg.

Die Rebbaugeschichte des Kantons Schaffhausen beginnt im Kloster Allerheiligen. Bevor die heute bestbekannten Lagen wie Hallau, Osterfingen und Wilchingen im Klettgau entstanden und Bedeutung erlangten, war der Anbau der Klosterreben auf die stadtnahen Hänge beschränkt.

Im Kloster lebten ausgesprochene Weinfachleute, die später, als mit langfristigen Pachtverträgen die Untertanen in der Landschaft zum Weinbau angehalten wurden, Vorschriften erliessen und Ratschläge erteilten. Die ersten Zeugnisse über den klösterlichen Weinbau finden sich schon im 11. und 12. Jahrhundert. Nach der Aufhebung des Klosters im Jahre 1524 übernahm die Stadt die Reben und bewirtschaftet sie zum Teil heute noch.

In 20 der insgesamt 34 Gemeinden des Kantons werden rund 450 Hektaren Wein angebaut. Über 85 Prozent des Anbaugebietes ist mit Blauburgunder bestockt, der Anteil an Riesling × Sylvaner beträgt ca.

12 Prozent. Daneben ist nur noch der kleine Anteil von Pinot gris erwähnenswert.

Der Kanton Schaffhausen besteht aus drei nicht miteinander verbundenen Teilen. Jeder Teil hat seine Eigenarten, insbesondere was die Bodenbeschaffenheit anbelangt. Im Klettgau finden sich kalkreiche Schotterböden und tiefgründige Keuper- und Liasböden. Im oberen Kantonsteil mit Stein am Rhein sind Molasse-Sandböden vorherrschend, während im unteren Kantonsteil mit Rüdlingen und Buchberg lehmiger Sand das Anbaugebiet dominiert.

Über 30000 Hektoliter Wein werden im langjährigen Durchschnitt im Kanton Schaffhausen geerntet. Dieser Ertrag wächst heute zum grösseren Teil an Drahtkulturen. Beim Stickelanbau wird immer noch der Zapfenschnitt bevorzugt. Rund 11 Prozent des Ertrages aus der Landwirtschaft stammen aus dem Weinbau. Damit ist die grosse Bedeutung des Weinbaues für die

Die grosse Trotte in Osterfingen.
Hier werden die beliebten Herbst-
sonntage gefeiert.

Wirtschaft des Kantons dokumen-
tiert.

Neben dem weitherum bekannten
Hallauer sind bei Kennern noch
verschiedene kleinere Lagen begehrt,
so der bukettreiche Riesling ×
Sylvaner aus der Gemeinde Löh-
ningen und der Eisenhalder Blau-
burgunder aus der Gemeinde
Siblingen, der bei den Öchsle-
Wägungen zusammen mit dem
Blauburgunder der Gemeinde
Gächlingen immer in den Spitzen-
rängen zu finden ist. Blaurock und
Chäfersteiner stammen aus dem
oberen Kantonsteil, die gehaltvollen
Weine aus dem südlichen oder
unteren Kantonsteil kommen aus
den Gemeinden Rüdlingen und
Buchberg.

März
April

Nach dem Schnitt weint die Rebe, Zeichen des neuen Vegetationsbeginnes.

März

Wetter

Jetzt sollte die Zeit der grossen Niederschläge vorbei sein, und vor
allem sollte der Winter mit seinen
starken Frösten und seinem Schnee-
fall abtreten. Einen verhältnismässig
trockenen März hat man gern.
«Märzenstaub bringt Gras und
Laub.» Aber zu warm sollte es nicht
werden, sagt doch der Hundertjäh-
rige Kalender: «Märzengrün ist
nicht schön».

Arbeit im Rebberg

Der Rebschnitt sollte im März
abgeschlossen werden. In exponierten Lagen müssen Frostreserven stehen gelassen werden.
Vor dem Schnitt sind die Stickel zu
überprüfen und die Drähte nachzu-
ziehen, dann werden die Reben
angebunden.

Keller

Beginn mit dem Abfüllen der offenen Qualitäten.

Klimatabelle der Durchschnittswerte	Temperaturen °C		Niederschläge mm		Sonnenschein Std.	
	1981	1901–1960	1981	1901–1960	1981	1931–1960
Basel	8,8	5,2	90	49	81	140
Bern	6,6	4,3	150	64	91	148
Lugano	8,5	7,3	253	118	139	171
Montreux	7,8	5,7	169	74	99	140
Neuchâtel	7,5	4,9	111	66	90	148
Zürich	7,5	4,2	106	69	105	149

April

Wetter

Fast alle Bauernregeln sehen im regnerischen, unbeständigen April-wetter gute Vorzeichen für ein fruchtbares Jahr. «Aprilregen füllt Fässchen und Fass», beziehungs-weise: «Ein trockener April ist nicht des Bauern Will!». Die Summe die-ser Regeln sagt ganz einfach, dass im April die Vegetation noch nicht zu weit fortgeschritten sein sollte, denn weit entwickelte Knospen könnten in den Maifrösten Schaden nehmen.

Arbeit im Rebberg

Das Aufbinden der geschnittenen Reben abschliessen, denn die Knos-pen treten in die Wolle, werden empfindlich und können leicht aus-brechen. In Neuanlagen wird nun ausgestickelt und mit den ersten Anpflanzungen begonnen.
Die Frostabwehr muss bereitgehal-ten, Heizungen müssen überprüft, die Frostschirme und Matten ergänzt werden.

Keller

Das Abfüllen der offenen Qualitäten wird abgeschlossen.

Klimatabelle der Durchschnittswerte	Temperaturen °C		Niederschläge mm		Sonnenschein Std.	
	1981	1901–1960	1981	1901–1960	1981	1931–1960
Basel	10,3	8,9	20	60	158	163
Bern	9,4	8,4	45	76	153	173
Lugano	11,6	11,3	86	159	165	186
Montreux	11,0	9,5	21	81	151	166
Neuchâtel	10,6	8,8	9	64	174	179
Zürich	9,6	8,0	22	88	166	173

Rechts: ordentlich aufgeschichtetes Rebholz zwischen den Stöcken.
Rechts aussen: der früher weitverbreitete Bogenschnitt.
Rechts unten: stark zurückgeschnittene Spalierrebe.

Der Rebschnitt

Eine der wichtigsten Arbeiten im Jahresablauf ist der Rebschnitt, entscheidend nicht nur für das laufende Jahr, sondern auch langfristig.
Bei Neuanlagen muss sich der Rebbauer überlegen, welches Erziehungssystem er anwenden will. Diese Wahl wird beeinflusst von der Lage und Grösse des Rebberges und den klimatischen Verhältnissen. Je nach System braucht es drei bis fünf Jahre, um den Stock in die richtige Form zu bringen. Diese Form nennt man Stockgerüst.
In der Schweiz kann man zwei grosse Erziehungsarten unterscheiden, die Stickel- und die Drahtkultur. In der Westschweiz ist beim Stickelanbau die Gobelet-Erziehung am weitesten verbreitet. Auf kurzem Stamm werden vier kleine, waagrechte Hörner kultiviert. Bis dieses System seine endgültige Form erreicht, braucht es meist fünf Jahre. Gobelet-Kulturen werden verhältnismässig eng gepflanzt, pro Quadratmeter mindestens ein Stock, oft sogar auf 0,8 m² eine Pflanze.

Am unbeschnittenen Stock ist das Stockgerüst schwer erkennbar.

34

In der Ostschweiz ist neben dem sich immer stärker ausbreitenden Drahtbau beim noch vorhandenen Stickelbau der sogenannte Zapfenschnitt weit verbreitet. Dieses System verlangt 1–1,5 m² Bodenfläche pro Stock. Bei dieser Methode wird das Fruchtholz an zwei Schenkeln jeweils auf 4 bis 6 Augen zurückgeschnitten. Eine Reserve erlaubt die Verjüngung des Stockes, die nötig wird, wenn die Schenkel zu lang werden. Vor der Einführung des Zapfenschnittes war in der Ostschweiz der Rundbogen am weitesten verbreitet. Der Platzbedarf ist hier etwa gleich wie beim Zapfenschnitt.

Beim Drahtbau sind Cordon, Streckbogen, Doppelstrecker, Zweietagenkultur und Doppelbogen die heute gängigsten Erziehungsarten. Im Gegensatz zu den Stickelkulturen brauchen diese Systeme mehr Bodenfläche für den einzelnen Stock, in der Regel 2 bis 4 m², je nach Lage und Bodenbeschaffenheit. Das bedeutet, dass der einzelne Stock einen viel grösseren Ertrag bringen muss.

Nebst der Erhaltung eines langfristig ertragreichen Stockgerüstes muss beim Schnitt auch der Ertrag reguliert werden. Das kann vor allem durch eine angemessene Reduktion der Triebe geschehen. Besonders nach schlechten Erntejahren besteht die Gefahr, dass man versucht ist, «auf Ertrag» zu schneiden, am Stock zu viele Augen stehen zu lassen und diese nach dem Austrieb zu wenig einzukürzen. In witterungsmässig sehr guten Jahren kann dies grosse Erträge bringen, meist wird aber der Stock überfordert, die Qualität der Trauben entspricht nicht der Quantität. Obschon sich in der Schweiz fast überall die Tendenz durchgesetzt hat, dass Qualität vor Quantität steht, ist doch oft die Versuchung gross, zuviel hängen zu lassen. Die goldene Mitte zu finden, hier zeigt sich die Erfahrung und das Verständnis eines richtigen Weinbauern. Innerhalb eines Rebberges, gleichgültig welcher Kultur-

Alter Stock mit zwei Fruchthölzern und zwei Reserven. Unten: junger Stock vor und nach dem Schnitt. Die beiden Schenkel und die Reserve sind gut sichtbar.

art, gibt es Unterschiede, die man schon beim Schnitt berücksichtigen muss. Jeder Stock will kurz beurteilt werden, rasch, fast unbewusst wird entschieden, was ihm für das kommende Jahr zugemutet werden kann.

Vor dem Rebschnitt müssen die angehefteten Triebe von Stock oder Draht gelöst werden. Beim Stickelbau werden zudem vor dem Schnitt die Stickel kontrolliert, nachgestossen und wenn nötig ersetzt. Auch beim Drahtbau werden die einzelnen Drähte kontrolliert, nachgespannt oder ersetzt.

Besonderheiten beim Rebschnitt

Die Drahtkulturen sowie der Zapfen- und Gobelet-Schnitt im Bereich der Stickelkulturen dominieren im Schweizer Rebbau. Bei Neuanlagen werden in den meisten Regionen die Drahtkulturen bevorzugt. Daneben gibt es aber, meist in kleineren Parzellen, immer noch Besonderheiten, die weiterhin gepflegt werden.

Der Bogenschnitt wird bei Sorten angewendet, die ein längeres Fruchtholz brauchen, weil die Früchte der untersten Triebe mindere Erträge bringen. Das Gegenteil ist beim sogenannten Tännlischnitt (auch Bäumchen oder Taille fuseau genannt) der Fall. Hier werden an einem langen Stamm nur sehr kurze Zapfen stehen gelassen. Im Gegensatz zum Bogenschnitt sind hier die untersten zwei Augen am ertragreichsten. Der Tännlischnitt verlangt eine gute Lage, denn bei dieser sehr hohen Kulturart hat die Abstrahlung der Bodenwärme keinen grossen Einfluss mehr.

Ungewöhnlich ist auch die Umerziehung der klassischen Westschweizer Gobelet-Kultur auf eine Drahtkultur, wobei aus nur einem Horn ein Streckbogen gezogen wird.

Tännlischnitt, kurze Fruchthölzer auf die gesamte Stockhöhe verteilt.

Tännlikultur vor dem Schnitt. Die Triebe müssen das ganze Jahr über kurz gehalten werden.

Umgewandelter Gobelet-Schnitt. Aus nur einem Horn wird ein Trieb für den Streckbogen gezogen.

Die Rebe weint. Die Knospen sollten vom Fruchtwasser nicht benetzt
werden.

Die Rebe weint

Wird im Frühjahr spät geschnitten,
beginnt sehr bald danach ein heller,
wasserklarer Saft an den Schnittstel-
len auszutreten. Statt «weinen» sagt
man auch, die Rebe überlaufe. Wer
Musse hat, jetzt ganz still im Rebberg zu sitzen, spürt etwas von der
grossen Kraft, die den Beginn einer
neuen Vegetationszeit anzeigt und
einleitet.
In der Volksmedizin wird dem aus-
tretenden Saft allerlei Heilwirkung
zugeschrieben. Am meisten wurde
er jedoch als Augenwasser und
Schönheitsmittel verwendet.
Als heilkräftig gilt auch die Asche
des Rebholzes. Ein Aschenbrei, mit
heissem Wasser oder Milch ange-
rührt, war ein Hausmittel gegen
Eiterungen und Wundentzündun-
gen.

Erneuerung im Wienacht-Tobel.
Die neuen Kulturen werden als
Terrassenkultur angelegt.

Die Kantone St. Gallen, Appenzell

Der Weinbau im Kanton St. Gallen kann bis ins 8. Jahrhundert zurück nachgewiesen werden. Die Rebfläche dehnte sich bis ca. 1400 ständig aus und erreichte im heutigen Kantonsgebiet über 1000 Hektaren, allerdings zum Teil an klimatisch kaum geeigneten Lagen. Heute besitzt der Kanton noch ca. 150 Hektaren Weinbaugebiete, in kleineren Lagen, über den ganzen Kanton verteilt.

St. Gallen ist ein ausgesprochener Rotwein-Kanton. Über 93 Prozent der Reben sind Blauburgunder, nur knapp über 5 Prozent Riesling × Sylvaner.

Die wichtigsten Anbaugebiete liegen, klimatisch bedingt, an den Hängen des Rheintales. Die bekannteste und zugleich grösste Rebgemeinde des Kantons ist Thal. Weitere Anlagen befinden sich in St. Margrethen, Au, Berneck, Balgach usw., bis hinauf nach Sargans, Mels, Bad Ragaz und Flums. Kaum bekannt ist die Seelage am Walensee bei Walenstadt. Auch

Rapperswil hat seine Schlossreben, und am Wilberg in Wil wächst Blauburgunder und Riesling × Sylvaner.

Aus dieser Vielfalt von Lagen ergeben sich auch die Probleme des Weinbaus im Kanton. Die steilen, zum Teil sehr kleinen Parzellen lassen sich kaum rationell bewirtschaften.

In den Kantonen Appenzell ist der Weinbau schon in ältesten Urkunden nachgewiesen, was sicher auf den Einfluss der Klöster, besonders des Klosters St. Gallen, zurückzuführen ist. Der heutige Rebbestand von Appenzell-Ausserrhoden beträgt 228 Aren und liegt im geschützten Talkessel von Wienacht-Tobel, oberhalb der St. Galler Weinbaugemeinde Thal. Je zur Hälfte wird Blauburgunder und Riesling × Sylvaner angebaut. Der Rote kommt mit der Bezeichnung «Wienachtswy» in den Handel, der Weisse wird als «Landsgmendwy» angeboten.

In Innerrhoden bauten im Katzen-

Die St. Galler-Seelage am Walensee bei Walenstadt.

moos schon Anfang des 19. Jahrhunderts die Klosterfrauen von Grimmenstein Wein an. Es soll allerdings ein vorwiegend saurer Rotwein gewesen sein. Reste des Katzenmooser Weinberges konnten sich noch bis zum Jahre 1963 halten. Von 1963 bis 1974 besass Innerrhoden keine Reben mehr, erst nach dieser Zeit wurde das Katzenmoos neu terrassiert und mit ca. 67 Aren Reben, ausschliesslich Riesling × Sylvaner, bestockt. Der Wein wird mit der Bezeichnung «Innerrhoder Riesling × Sylvaner» angeboten, die Einheimischen nennen ihn aber «Chatzemösler».

Wienacht-Tobel im Kanton
Appenzell Ausserrhoden.

Kanton Luzern

Man darf annehmen, dass sich der Weinbau im Kanton Luzern von Vindonissa her durchs Seetal ausbreitete. Ein grosses Weinbaugebiet hatte jedoch der Kanton nie auszuweisen, und er wird auch in Zukunft kaum zu den Grossen im Weinbau gezählt werden. Das heisst aber nicht, dass die bescheidenen Anbaugebiete nicht sorgfältig und liebevoll betreut würden!

Schriftliche Zeugnisse lassen sich erst im 13. Jahrhundert nachweisen. Es waren vor allem die Klöster, die wie an vielen Orten den Weinbau pflegten und förderten. In ihren Rodeln finden wir denn auch die wichtigsten Quellenhinweise. Interessant ist die Eintragung im Jahrzeitenbuch des Frauenklosters Engelberg (1275), dort wird von einem Rebberg «lit ze Heidegg under der burg» berichtet.

Im Seetal gab es bis 1880 mehr als 60 Hektaren Reben. 1900 waren es noch 25 Hektaren, und 1950 wird nur noch von einer Juchart verwahrloster Reben berichtet. 1975 weist die Statistik 7,5 Hektaren aus, 1981 9,22 Hektaren. Der landschaftlich schönste und qualitativ beste Rebberg liegt unterhalb des Schlosses Heidegg, genau dort, wo schon 1275 Reben nachgewiesen sind. Diese Pflanzung, in der weisse und rote Gewächse angebaut werden, gehört dem Staatskeller Heidegg und wurde 1952 neu angelegt.

Im Kanton Luzern hat sich in Hitzkirch noch eine alte Bezeichnung für Klevner erhalten: Kläffinger!

Die Aufteilung nach Kulturarten zeigt, dass die Luzerner Anlagen relativ neu sind: 90 Prozent Drahtbau, nur noch 2,5 Prozent Stickelbau (mit Zapfenschnitt) und 7,5 Prozent Terrassenanbau. Diese nur an steilen Hängen geforderte Anbautechnik wurde im 56 Aren grossen Gelände der Landwirtschafts- und Maschinenschule Hohenrain gewählt.

Die Tradition im Rebbau wird im Kanton Luzern von der Weingenossenschaft zu Reblüten aktiv fortgeführt.

Die 1952 neu angelegten Kulturen
beim Schloss Heidegg.

Flache, ältere Drahtkulturen im Kanton Genf.

Mai
Juni

Eine Neuanlage wird vorbereitet.

Mai

Wetter

Der Monat Mai ist für den Rebbau eine entscheidende Zeit. Man sehnt sich jetzt nach warmen Tagen, aber die Eisheiligen zwischen dem 12. und dem 14. Mai können bei fortgeschrittenen Kulturen noch viel Schaden anrichten. «Pankraz, Servaz und Bonifaz sind drei echte Weindiebe», sagt man in der Bündner Herrschaft, und eine andere Variante meint, dass diese Namen nicht im Kalender des Winzers stehen sollten.

Arbeit im Rebberg

Die Frostschirme müssen sorgfältig angebracht werden, damit die Knospen oder jungen Triebe nicht beschädigt werden. Die Heizungen sind zu installieren.
Die Frostreserven, die man beim Schnitt stehen gelassen hat, können Ende Mai weggeschnitten werden. Bei starkem Austrieb müssen nun die Schosse erstmals erlesen werden.

Keller

Beginn der Flaschenwein-Abfüllung.

Klimatabelle der Durchschnittswerte	Temperaturen °C		Niederschläge mm		Sonnenschein Std.	
	1981	1901–1960	1981	1901–1960	1981	1931–1960
Basel	13,1	13,4	142	77	141	195
Bern	11,9	13,0	170	98	127	204
Lugano	13,8	15,5	236	203	150	191
Montreux	12,8	13,9	182	95	116	187
Neuchâtel	12,4	13,4	139	79	135	210
Zürich	12,1	12,5	107	107	140	207

Juni

Wetter

Ein nasser und warmer Juni bringt viel Heu und Korn. Für den Rebbau sollte aber der Juni nicht zuviel Feuchtigkeit bringen. In der Bündner Herrschaft dagegen sagt eine Bauernregel: «Soll gedeihen Korn und Wein, muss der Juni trocken sein.»

Arbeit im Rebberg

Die jungen Schosse müssen nochmals erlesen werden.
Ende Monat beginnt die Traubenblüte, die sehr empfindlich auf tiefe Temperaturen reagiert. Eine Hallauer Regel sagt, dass die Blütezeit an Johanni (24. Juni) vorbei sein sollte. Man wünscht sich auch, dass diese wichtige Phase in acht Tagen abgeschlossen ist.
Nach der Blüte werden die Triebe verzwickt, d.h. eingekürzt, und eingeschlauft. In Neuanlagen müssen die Jungreben aufgebunden werden.

Keller

Abfüllen der Flaschenweine.

Klimatabelle der Durchschnittswerte	Temperaturen °C		Niederschläge mm		Sonnenschein Std.	
	1981	1901–1960	1981	1901–1960	1981	1931–1960
Basel	16,1	16,6	59	87	158	214
Bern	15,5	16,2	49	116	155	225
Lugano	19,4	19,4	81	181	184	234
Montreux	17,0	17,4	96	130	154	197
Neuchâtel	16,2	16,6	67	90	190	232
Zürich	15,7	15,5	49	139	158	220

Die Schuppen haben sich geöffnet, die Knospe tritt langsam aus der Wolle.

Der Austrieb

Eine entscheidende Phase im Jahresablauf ist der Austrieb der Knospe, des Auges. Die Fruchtbarkeit der einzelnen Knospe wird schon im Vorjahr bestimmt, wenn sich die Knospe in der Blattachse der neuen Triebe bildet.

Unter den harten, braunen Deckschuppen, die genügend Winterschutz bieten, sind die einzelnen, dicht behaarten Blätter und die Blütenanlagen bereits vorhanden. Jede Knospe hat auch eine bis zwei Neben- oder Reserveknospen, die bei Beschädigung der Hauptknospe, zum Beispiel durch Frost oder Hagel, verspätet austreiben können. Zuerst kommt die Knospe in die Wolle, das heisst, die Schuppen öffnen sich und die wollige Schutzschicht kommt zum Vorschein. Darauf wird die Knospe länglicher, die ersten Blattränder werden sichtbar, und der Trieb wächst aus. Die sich entfaltenden Blätter sind noch sehr gedrängt und an der Basis immer noch durch Schuppen und Wolle geschützt.

Bald werden die einzelnen Blätter sichtbar und breiten sich aus.

Bald werden aber die einzelnen Blätter ganz sichtbar, der Trieb wird länger, und an der Triebspitze zeigt sich, noch sehr kompakt und gedrungen, das Gescheine. Für diese Entwicklung wünscht sich der Weinbauer warmes, trockenes Wetter, damit sich der Blütenstand schnell und gleichmässig entwickeln kann. Nässe und tiefe Temperaturen hemmen das Wachstum. Wer jetzt den Rebstock genau beobachtet, stellt fest, dass sich die Pflanze weitgehend selber gegen die Witterungseinflüsse schützt. Die schnell wachsenden Blätter sind so gestellt, dass der Blütenstand vor direkter Sonnenbestrahlung geschützt ist. Auch der Regen wird abgelenkt. Die alte Rebbauernweisheit, dass jede Traube ein Fächlein und ein Dächlein haben müsse, bestätigt sich. In dieser Phase sind die einzelnen Blütenstände (Rispen) noch sehr kompakt. Die sortentypische Anordnung der Blütenknospen ist noch nicht erkennbar. Je nach Sorte sind an der Rispe 100 bis

Geschützt durch die Blätter entwickelt sich das Gescheine.

150 Einzelblüten vorhanden. Diese Vegetationsphase kann sich je nach Wetterlage um drei bis vier Wochen verschieben, der Austrieb kann bereits im April erfolgen. In diesem Fall müssen auch die Frostschutzmassnahmen früher vorbereitet werden. Im allgemeinen ist dem Weinbauern aber ein späterer Austrieb willkommen, denn bis Ende Mai muss in unseren Regionen noch mit Spätfrost gerechnet werden (Eisheilige).

Strohmatten in einer Drahtkultur.
Unten: natürlicher Frostschutz. Die
behaarten Blätter schützen das
Gescheine.

Frostschutz

Wenn die Rebe die kalten Wintermonate ohne Schaden überstanden
hat, die Stöcke geschnitten sind und
die Knospen im April oder Mai aus
der Wolle treten und sich entfalten,
kommt die Zeit der Spät- oder
Frühjahrsfröste. Jetzt ist die Rebe
sehr anfällig gegen Kälte. Wenn die
Stöcke nass sind, können sie schon
bei Temperaturen von 0 Grad Celsius Schaden nehmen.
Während dieser für das ganze Jahr
so entscheidenden Zeit muss die
Rebe vor Kälte geschützt werden.
Am bekanntesten sind die Stroh-
schirme und Strohmatten, die für
Stickel- und Drahtkulturen sehr
wirksam sind. Schirme aus Plastik
haben sich noch nicht durchgesetzt,
neue Stoffe werden Jahr für Jahr
erprobt. Imposant ist ein nächtlicher
Blick auf eine mit Ölöfen beheizte
Anlage. Doch dürfte gerade dieser
Schutz für die allernächste Zeit
kaum weitere Verbreitung erfahren.
Die Ölpreise werden voraussichtlich
diese Schutzmassnahme ganz verdrängen.

Neben den altbewährten Strohmatten werden immer wieder neue
Materialien erprobt.

Strohröcke an der inzwischen erneuerten Halde beim Schloss Schwandegg.

Wann und ob es nötig ist, Schutzvorrichtungen anzubringen, ist eine schwierige Entscheidung. Wer ohne Schäden zu riskieren auf diese doch aufwendige Arbeit verzichten kann, hat in seiner Betriebsrechnung bereits einen ins Gewicht fallenden Posten eingespart.

Die Launen der Natur sind unberechenbar, nicht voraussehbar. Bis die Ernte eingebracht ist, können die vielfältigsten Ereignisse den ganzen Ertrag vernichten. Wenn die Zeit der Frühjahrsfröste aber vorbei ist, kann der Rebbauer erstmals aufatmen, eine grosse Gefahr ist überstanden.

Die Rebe blüht

Wenn die Zeit der Frühjahrsfröste vorbei ist, können in Lagen, wo beim Schnitt Frostreserven stehen gelassen wurden, diese entfernt werden. Jetzt sollten bereits die ersten Korrekturen am Stock vorgenommen werden. Der Fachmann spricht vom Erlesen der Triebe. Schosse aus Nebenaugen und Wasserschosse müssen entfernt werden. In den kommenden Wochen sollte der Stock seine Kraft nicht für Triebe vergeuden, die weder dem Aufbau des Stockes noch der Fruchtbarkeit dienen.

Je nach Witterungsverhältnissen beginnt in einigen Wochen, in der Regel Ende Juni, die Blütezeit. Wenn die Rispe mit den Knospen gross genug ist, lösen sich die miteinander verwachsenen Kronblätter als Käppchen vom Blütenboden. Unter dem Käppchen werden die fünf Staubfäden mit den Staubbeuteln sichtbar. Bald ist die ganze Rispe mit den feinen weissen Sternen der Staubbeutel, die sich um den Fruchtknoten anordnen, überdeckt. Unmittelbar über dem Blütenboden befinden sich die fünf Nektardrüsen. Kelchblätter sind nur kümmerlich vorhanden. Die Befruchtung geschieht durch das Abwerfen des Käppchens, und der Fruchtknoten entwickelt sich rasch. In dieser Vegetationsperiode können tiefe Temperaturen, Hagel oder ausgiebige Regenfälle Schäden anrichten, die kaum mehr auszugleichen sind. Die Temperaturen während der Blütezeit sollten 14 Grad Celsius nicht unterschreiten. Sonniges, trockenes Wetter ist in dieser Vegetationszeit wichtig, damit sich die Beeren gleichmässig entwickeln.

Rispe mit verschiedenen Stadien der Blüten. Unten rechts noch vollständig geschlossene Blüten. In der Mitte links aussen ist zu erkennen, wie sich die Kronblätter nach oben aufrollen. Darunter erkennt man die Staubfäden. Oben: die Traubenbeeren nach der Blüte.

Kanton Waadt

Es wird angenommen, dass schon die Römer die Chasselas-Reben ins heutige Gebiet des Kantons Waadt gebracht haben. Später waren es Mönche aus dem Burgund, die besonders die steilen Hänge im Lavaux erschlossen, neue Sorten züchteten und über weitere Klöster in der Schweiz den Rebbau förderten.

Die weite Fläche des Genfersees schafft ein ausgeglichenes Klima, die nach Süden ausgerichteten Hänge sind dem Einfluss des Nordwindes entzogen, die Niederschlagsmengen sind für den Rebbau ausreichend. Verständlich, dass unter solchen Bedingungen der Kanton Waadt mehr als ein Viertel der gesamtschweizerischen Rebfläche stellt, nämlich 3519 Hektaren, und in guten Jahren weit über 30 Millionen Liter Wein erntet.

Im Kanton Waadt wird mehrheitlich Weisswein angebaut. 80 Prozent der Produktion werden mit der Sammelbezeichnung Dorin angeboten, das ist der Wein der im Kanton dominierenden Chasselas-Trauben (Gutedel). In den steilen Lagen des Lavaux, mit den oft kleinen, ummauerten Terrassen-Parzellen, wird der Gobelet-Stickelbau bevorzugt, in den flacheren Lagen wurde auf Drahtbau (Guyot simple) umgestellt.

Die drei wichtigsten Anbaugebiete sind La Côte, Lavaux und Chablais. Das Gebiet von La Côte beginnt im Westen an der Grenze zum Kanton Genf und zieht sich dem Saum des Sees entlang bis nach Morges. Die grössten und bekanntesten Lagen sind Begnins, Vinzel, Tartegnin, Mont-sur-Rolle und Féchy.

Zum Lavaux gehören die Hänge von Lausanne bis zum Schloss Chillon. Dieses Gebiet ist bekannt durch seine voll ausgereiften, trockenen Weissweine. Unter Kennern wird gern diskutiert, ob nun der Weisse von Pully, Lutry, Cully, Epesses oder St-Saphorin der bessere sei. Gut sind sie aber alle, auch die hier nicht aufgeführten Lavaux-Weine.

Stolzes Rebgut im Kanton Waadt.

Das Chablais ist eine ganz besondere Lage. An den Hängen des Rhonetals, von Villeneuve bis in die Felsen von Lavey, oft dem Föhnwind ausgesetzt, gedeiht ein Wein von schöner Ausgeglichenheit. Yvorne, Aigle, Ollon und Bex sind bekannte Lagen im Chablais, wo in den letzten Jahren neben dem weissen Dorin auch ein vorzüglicher Pinot noir angebaut wird.

Mit diesen drei Hauptgebieten ist aber der Reichtum der Waadtländer Anbaugebiete keineswegs vollständig aufgezählt. Wein wird auch noch an den Côtes-de-l'Orbe, in Bonvillars und Concise am Neuenburgersee sowie am südlichen Ende des Murtensees, in Vallamand, angebaut.

Schloss Vufflens in der La Côte-
Region.

Behäbiges Weingut bei Epesses
(Lavaux).

Die weiten Hänge von Chamoson, einer Gemeinde mit über 100 Hektaren Rebland.

Kanton Wallis

Auch im Kanton Wallis wird der Weinbau bereits in Dokumenten aus dem 11. Jahrhundert erwähnt. Alte Sortenbezeichnungen wie Arvine, Amigne und Rèze werden aber schon mit Texten von Horaz und Vergil in Verbindung gebracht. Mit 5335 Hektaren Rebareal ist das Wallis der grösste Rebbaukanton der Schweiz; ein Drittel der Schweizer Weine stammt aus dem Rhonetal. Noch 1950 wurden im Wallis über 90 Prozent weisse Gewächse angebaut. Pinot noir und Gamay sind aber im Vormarsch. Wichtigste Rebsorte ist immer noch die Chasselas-Traube (Gutedel), die den Walliser Fendant liefert. Neben dem Fendant gibt es noch eine weitere Weinbezeichnung im Kanton, die ebenfalls nicht mit einer Sortenbezeichnung identisch ist, der rote Dôle. Ein kantonales Gesetz umschreibt, welche Voraussetzungen erfüllt sein müssen, dass ein Wein diese Qualitätsbezeichnung tragen darf. Meist ist es eine Mischung von Pinot noir und Gamay, wobei der grössere Teil Pinot noir sein muss.

Einen bedeutenden Anteil hat im Wallis auch die Sylvaner-Traube, die den Johannisberg liefert. Weisse Spezialitäten wie zum Beispiel der Arvine und der Amigne werden in kleinen Lagen ganz besonders gepflegt, ebenso der Heida aus dem höchstgelegenen Rebberg Europas bei Visperterminen.

Die Anbaugebiete liegen zur Hauptsache am rechten Rhoneufer; sie beginnen in Martigny im Unterwallis und erstrecken sich bis in die Gegend von Leuk im Oberwallis. Flache Hügelzüge wechseln ab mit steilen, hochgelegenen, kleinen Parzellen, die von der Wärmeabstrahlung der umliegenden Felshänge profitieren. In den kleinen Arealen hat sich der Gobelet-Schnitt erhalten und wird auch weiterhin wichtigste Kulturart bleiben.

Auch beim Fendant fällt es dem Fremden schwer, die einzelnen Lagen auseinanderzuhalten. Ob er dem Fully oder den Gewächsen aus

Conthey, ebenfalls eine grosse Walliser Weinbaugemeinde.

Leytron, Ardon oder Conthey oder den bekannten Abfüllungen um Sion den Vorzug gibt, sei dahingestellt. Im reichsten Weinbaukanton der Schweiz wird die Wahl oft zur Qual.

Auvernier am Neuenburgersee.

Kanton Neuenburg

Benediktinermönche haben ums Jahr 1000 die Hänge oberhalb des Neuenburgersees gerodet und bewirtschaftet. Im Jahre 1850 registrierte man im Kanton noch 1850 Hektaren Rebfläche, heute sind es noch rund 560 Hektaren. Die Rebbaugebiete sind in den meisten Fällen auch schönste Wohnlagen, und die Ausbreitung der Wohnzonen, besonders in der Nähe von Neuenburg, war nicht aufzuhalten.

In 18 Gemeinden wird Wein produziert, und typisch für den Kanton sind die vielen kleinen, privaten Besitzungen. Eine neuere Erhebung ergab 500 Besitzer mit weniger als 100 m² Rebland.

Vorherrschend sind die weissen Gewächse, rund 400 Hektaren. Die Sortenwahl ist eingeschränkt, kantonale Bestimmungen schreiben vor, was angepflanzt werden darf. Der Anbau von Direktträgern zum Beispiel ist verboten. Der Neuenburger Rote darf nur aus Pinot-noir-Trauben gekeltert werden. Weitherum bekannt ist ein Süssdruck aus Pinot noir, der unter der Bezeichnung Œil de Perdrix angeboten wird.

Die Neuanlagen im Kanton werden fast ausschliesslich auf Drahtkulturen umgestellt, die den noch vor 15 Jahren dominierenden Stickelanbau mit Gobelet-Schnitt immer mehr verdrängen. Im Kanton Neuenburg wird die Qualitätsproduktion hochgehalten und gefördert, was Weinkenner zu schätzen wissen.

Krankheiten und Schädlinge

Ohne chemische Spritzmittel ist der Rebbau in unseren Gegenden kaum möglich. Der falsche Mehltau wurde, wie auch die Reblaus, aus Amerika eingeschleppt, der echte Mehltau stammt ebenfalls aus Amerika und wurde in Europa schon Mitte des 19. Jahrhunderts festgestellt. Beide Pilzkrankheiten überstehen die winterlichen Tiefsttemperaturen. Je nach Witterung breiten sie sich schneller oder langsamer aus und können, wenn sie nicht wirkungsvoll bekämpft werden, grosse Ertragsausfälle verursachen. Weitere Pilzkrankheiten sind: Rotbrenner, Schwarzfleckenkrankheit, Grau- und Weissfäule.

Bei den tierischen Schädlingen treten vor allem verschiedene Spinnmilben auf: rote Spinne, gelbe Spinne (gemeine Spinnmilbe) sowie Kräuselmilbe und Pockenmilbe. Eine weitere Gruppe von Schädlingen sind die Traubenwickler, der Springwurm und die Schildläuse. Dazu sind in den Rebschulen vor allem die Engerlinge gefürchtet.

Pilzkrankheiten und tierische Schädlinge gefährden den Ertrag und müssen bekämpft werden.

Juli
August

Laubarbeit ist meist Frauenarbeit.
Maschinen können hier nur
beschränkt eingesetzt werden.

Juli

Wetter

«Was der Juli verbricht, rettet der September nicht.» Also, viel Sonne und Wärme im Juli, das fördert den Rebstock, bildet schöne Triebe, Blätter und Trauben. «Nur in der Juliglut wird Obst und Wein dir gut.»

Arbeit im Rebberg

Die Stockarbeit im Juli ist entscheidend für die weitere Entwicklung. Die Stickelreben müssen aufgeheftet und in der Traubenzone die Geiztriebe ausgebrochen werden. Die übrigen Schosse werden obenabgenommen, wie der Fachausdruck lautet, sonst besteht die Gefahr, dass die zu langen Triebe überhängen und damit Schatten geben. Über den Trauben sollten noch sechs Blätter stehen.
Ende Juli hängen die Trauben, die nach dem Blust aufrecht gestanden haben, nach unten.

Keller

Auch die letzten Spezialkelterungen werden abgefüllt.

Klimatabelle der Durchschnittswerte	Temperaturen °C		Niederschläge mm		Sonnenschein Std.	
	1981	1901–1960	1981	1901–1960	1981	1931–1960
Basel	17,3	18,4	115	87	158	232
Bern	16,1	18,0	131	116	156	248
Lugano	19,8	21,3	259	181	205	268
Montreux	17,6	19,3	152	130	162	222
Neuchâtel	17,1	18,6	74	90	153	251
Zürich	16,3	17,2	165	139	148	238

August

Wetter

Viele Bauernregeln sehen im Augustwetter schon Hinweise und Bezüge auf die kommenden Wintermonate. «Wenn's im August nicht regnet, ist der Winter mit Schnee gesegnet.» Für den Rebbau aber ist wichtig: «Was der August nicht kocht, bratet auch der September nicht.»

Arbeit im Rebberg

In der Traubenzone muss man, wenn nötig, nochmals auslauben, damit nach Niederschlägen die Trauben schneller trocknen. So kann die Gefahr, dass nasse Trauben anfaulen, reduziert werden.
Nach dem 15. August färben sich die ersten Beeren. Die Traubenhut muss nun vorbereitet werden.

Keller

Je nach Jahrgang muss der Kellermeister Platz für die kommende Ernte schaffen.

Klimatabelle der Durchschnittswerte	Temperaturen °C		Niederschläge mm		Sonnenschein Std.	
	1981	1901–1960	1981	1901–1960	1981	1931–1960
Basel	18,0	17,6	15	91	211	209
Bern	17,5	17,3	63	114	237	226
Lugano	20,9	20,8	30	192	249	243
Montreux	19,3	18,5	75	144	232	205
Neuchâtel	19,0	17,9	39	104	261	226
Zürich	17,6	16,6	115	132	224	219

Wachstum und Ranken

Nach dem Schnitt werden die einjährigen Fruchthölzer, die am Stock belassen wurden, angebunden. Nach dem Austrieb, während und unmittelbar nach der Blütezeit, in den Monaten Mai bis Juli ist das Wachstum des Rebstockes erstaunlich. Immer neue Triebe, Ranken und Gescheine wachsen aus, und in den Blattachsen bilden sich Seitentriebe, sogenannte Geiztriebe. Würde man nicht sehr bald mit der Laubarbeit beginnen, wäre es um den Ertrag schlecht bestellt, denn die Kraft des Stockes würde im Laub und in den Trieben verpuffen. Wenn die Triebe über den Stickel hinauswachsen und nicht mehr angeheftet werden können, neigen sie sich nach unten, suchen Halt beim nächsten Stock und bilden ein Schattendach, das die Entwicklung und Reifung der Trauben beeinträchtigt.

Die wichtigsten Stadien der Laubarbeit sind das Erlesen, Verzwicken, Ausbrechen und Obenabnehmen. Beim Erlesen, wenn dem Stock

Ranken suchen Halt für die neuen Triebe.

Spiel der Natur – unzählig sind die Varianten, wie sich die Ranken festhalten.

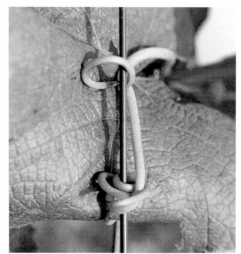

etwa zehn Schosse gelassen, die übrigen aber ausgebrochen werden, ist der Stockaufbau zu beachten, denn schon bei der zweiten Arbeit, dem Verzwicken, wird entschieden, welche Schosse das nächste Jahr das Fruchtholz bilden sollen. Auch bei der Laubarbeit muss jeder Stock richtig beurteilt werden. Die neuen Triebe werden im Gegensatz zu den Fruchthölzern nur lose angeheftet oder eingeschlauft.

Bevor im Mittelalter die Rebberge nach unserer heutigen Vorstellung angelegt und die einzelnen Pflanzen an Stickeln gezogen wurden, dienten dem Rebstock Bäume als Stützen. Die Pergola ist noch ein Überrest dieser Kulturart. Im Geäst der Bäume musste sich die Rebe selber Halt verschaffen. Dazu ist sie mit zahlreichen Ranken ausgebildet, die ähnlich wie die Gescheine aus den Blattachseln herauswachsen. Die Verwandtschaft mit dem Gescheine zeigt sich auch darin, dass sich ab und zu an den Ranken kleine Gescheine bilden.

Berühren die Ranken im Wind, oder wenn sie sich nach dem Sonnenstand drehen, einen Draht, einen Ast oder ein Schoss, wird ein Reizimpuls ausgelöst, und die Ranke windet sich um den Gegenstand, der ihr Halt verspricht.
Verholzte Ranken werden so hart, dass man sie nur mit einer starken Schere oder Zange lösen kann. Unzählig sind die Varianten der Knoten, mit denen sich die anfänglich zarten Rankenenden festhalten.

Auch ohne angeheftet zu werden, kann sich die Rebe am Stickel festhalten.

Die Bodenbearbeitung

Noch vor 50 Jahren beschränkte sich die Bodenbearbeitung im Rebberg auf das zweimalige Hacken von Hand im Frühjahr und im Sommer. Damit wurde auch das Unkraut bekämpft. Mit der Einführung der Drahtkulturen wurden die Gassen so breit, dass man den Boden mit Maschinen bearbeiten oder den Pflug mindestens mit einem Drahtzug durch die Reihen ziehen konnte.

Diese Art der Bodenbearbeitung wird je nach Lage zum Teil durch die Einsaat von Gründüngungspflanzen abgelöst oder ergänzt (Ölrettich, Chinakohlrübe, Wicke usw.). Mit dem Unterpflügen der Einsaaten wird gleichzeitig gedüngt. Neueste Versuche mit eigentlichen Mulchkulturen sind noch nicht abgeschlossen. In jüngster Zeit wird das einjährige Rebholz nach dem Schnitt gehäckselt und in die Gassen verteilt. Wenn dieses Holz im zweiten Jahr eingepflügt wird, macht es den Boden locker. Auffallend ist bei all diesen Methoden, dass nicht der ganze Rebberg gleich behandelt wird, sondern in zweijährigem Turnus die Gassen angesät, bestreut oder gepflügt werden.

Die verschiedenen Einsaaten sind auch ein Schutz gegen Schwemmschäden. Die Tendenz geht heute eindeutig dahin, Unkrautbekämpfung und Bodenbearbeitung mit möglichst wenig chemischen Mitteln durchzuführen.

Bodenbedeckung. Im Zweijahres-
turnus werden die Gassen bearbeitet.

Eglisau ist vom Rhein und den Reben fast eingeschlossen. In der Bildmitte vor dem Rebberg das Weierbachhaus.

Kanton Zürich

Die Bergkirche in Rheinau, oberhalb des «Korbes».

Die Galluskapelle in Oberstammheim.

Der Kanton Zürich war einst mit über 5500 Hektaren Rebland der zweitgrösste Weinbaukanton der Schweiz. Die lieblichste Rebbaugegend, das klimatisch begünstigte rechte Ufer des Zürichsees, hat sich aber zum bevorzugten Wohngebiet entwickelt, so dass nach dem starken Rückgang des Rebareals infolge der Reblaus und wirtschaftlicher Probleme um die Jahrhundertwende ein neuer Aufschwung nicht mehr eintrat. Der Schwerpunkt des Weinbaues hat sich verlagert und liegt heute eindeutig im zürcherischen Weinland, zwischen Winterthur und Schaffhausen.

Von 171 Gemeinden im Kanton bewirtschaften noch deren 80 rund 440 Hektaren Reben. Typisch für den Kanton sind die Besitzverhältnisse. Nur die Hälfte der über 1000 Rebbesitzer sind Bauern, und die Durchschnittsgrösse der einzelnen Besitze liegt bei knapp 40 Aren. Rund 70 Prozent der Reben werden als Drahtkulturen gepflegt, nur an sehr steilen Lagen hat sich der Stickelanbau erhalten. Fast 70 Prozent entfallen auf die Sorte Pinot noir, rund 25 Prozent sind Riesling × Sylvaner-Reben. Die restlichen Anteile sind unbedeutend, erwähnenswert ist jedoch, dass von den alten Sorten der Räuschling im Kanton Zürich überlebt hat. Erhalten hat sich hier auch noch die alte Bezeichnung Clevner oder Klevner für den Blauburgunder.

Bekannte Lagen sind der Südhang der Halbinsel Au, der von der Forschungsanstalt Wädenswil gepflegt wird, die schönen Hänge oberhalb von Eglisau, die schon 1920 melioriert wurden, die Sternenhalde in Stäfa, die ebenfalls von der Wädenswiler Forschungsanstalt bewirtschaftet wird. Vergessen darf man aber auch nicht die Lagen in Weiningen, Regensberg und Rafz sowie die gepflegten Gewächse aus dem Stammheimertal und den Schiterberger aus Andelfingen. Berühmt ist der Korbwein aus Rheinau, aber noch berühmter sind die Keller des daneben liegenden Klosters Rheinau, wo in 400 Jahre alten Gewölben die Schätze der Zürcher Staatskellerei ausreifen. Das Fassungsvermögen des Kellers beträgt 350 000 Liter. Die Weine werden bis heute noch ausschliesslich in Holzfässern gelagert.

Unterstammheim. In der Pfarrkirche wirkte um die Mitte des 16. Jahrhunderts Pfarrer Johannes Stumpf, der Verfasser der berühmten Schweizer Chronik.

Der 40 Meter ansteigende Schiterberg am früheren Thurufer in Andelfingen.

Kanton Thurgau

In 23 thurgauischen Gemeinden wird auf gesamthaft 188 Hektaren Wein angebaut. Mit den Neuanlagen in den Gemeinden Uesslingen/Iselisberg hatte die Anbaufläche einen Zuwachs von 37 Hektaren erfahren, grösste Weinbaugemeinde bleibt aber immer noch Weinfelden mit der bekannten Lage am Ottenberg (39 Hektaren). Das sind bescheidene Zahlen gegenüber dem Höchststand von 2100 Hektaren im Jahre 1835. Doch im Vergleich zum Tiefststand im Jahre 1950 mit nur noch 127 Hektaren zeigen die heutigen Zahlen wieder eine erfreuliche Entwicklung. Stark zurückgegangen sind vor allem die Anbauflächen am südlichen Ufer des Untersees. Die schönste Lage im Kanton befindet sich aber noch in dieser Region, beim Schloss Arenenberg.

Rund drei Viertel der Anbaufläche sind mit Blauburgunder-Reben bestockt, ein Viertel beansprucht der Riesling × Sylvaner, der ja sozusagen ein Thurgauer Erzeugnis ist. 80 Prozent der Anlagen sind auf Drahtkulturen umgestellt worden, der Stickelbau hat sich nur noch in wenigen Lagen erhalten.

Ottenberger ist eine Sammelbezeichnung der Weine aus den Gemeinden Weinfelden und Ottoberg. Eine gute Schlosslage besitzt auch die Gemeinde Stettfurt, am Sonnenberg. Durch die Renovation der Kartause Ittingen ist die Lage zwischen der Kartause und der Kirche Warth weiterhum bekannt geworden. Neben dem Wein lieferte aber die Kartause Ittingen die aufschlussreichsten Dokumente zur thurgauischen Weinbaugeschichte. Die Weinverkaufsbücher des Klosters sind vollständig erhalten und im Staatsarchiv Frauenfeld aufbewahrt.

Kartause Ittingen mit dem ertragreichen Rebberg an der steilen
Halde unterhalb der Kirche Warth.

Die Kirche Warth.

Müller-Thurgau

Das Geburtshaus Professor H. Müllers in Tägerwilen.

82

Der 1850 in Tägerwilen bei Kreuzlingen (Kt. Thurgau) geborene Professor H. Müller war schon 1880 Direktor der preussischen Forschungsanstalt für Weinbau in Geisenheim am Rhein. Mit seinen Versuchen, aus den Sorten Riesling und Sylvaner eine neue Kreuzung zu züchten, hat er den europäischen Rebbau entscheidend beeinflusst. 1890 folgte Prof. H. Müller dem Ruf als Direktor an die damalige interkantonale Schule für Obst-, Wein- und Gartenbau in Wädenswil, die später in Eidgenössische Forschungsanstalt umbenannt wurde.

1891 erhielt Prof. Müller 150 Stecklinge seiner Geisenheimer Neuzüchtungen. Der Weinbautechniker H. Schellenberg beobachtete und pflegte diese Auswahl. Der Stock Nummer 58 zeigte die für unsere Verhältnisse besten Eigenschaften und wurde für die weitere Verbreitung und Züchtung ausgewählt. Die übrigen Stöcke wurden eliminiert. 1904 konnte erstmals eine grössere Zahl von 140 Stecklingen, die alle vom Stock 58 stammten, ausgepflanzt werden. Von diesem Zeitpunkt an wurden Anbau und Vermehrung stark gefördert, so dass schon 1914 an der Landesausstellung in Bern dem Preisgericht einige Jahrgänge der neuen, als Riesling × Sylvaner bezeichneten Sorte präsentiert werden konnten. Erfolgreich abgeschnitten hat der neue Wein allerdings nicht, die geringe Säure und das typische Muskatbukett waren damals noch nicht gefragt.

Die Sortenbezeichnungen Müller-Thurgau und Riesling × Sylvaner sind also identisch. Als Hauptmerkmale gelten für den Stock die grosse Fruchtbarkeit und Widerstandsfähigkeit der Blüte. Diese Fruchtbarkeit verleitet oft dazu, von den Pflanzen zu grosse Erträge zu fordern, was der Qualität abträglich ist. Der Ertrag pro Quadratmeter sollte nicht höher als 1,2 bis 1,6 kg sein.

Vorteilhaft für den Riesling × Sylvaner ist, dass die Qualität des Weines auch bei durchschnittlichen, ja sogar unterdurchschnittlichen Jahrgängen noch gut ist, besonders deshalb, weil die Sorte zu den sehr frühreifen zählt. Als Nachteil muss die Fäulnisanfälligkeit erwähnt werden.

In der Schweiz nimmt der Anbau des Riesling × Sylvaners immer noch zu, vor allem in Gegenden, in denen bisher ausschliesslich rote Gewächse angepflanzt wurden. In Deutschland ist die Müller-Thurgau-Rebe die am häufigsten angebaute Sorte, H. Hochrain bezeichnet sie als Deutschlands beliebteste Rebsorte. Flächenmässig beträgt der Anbau von Müller-Thurgau etwas über ein Viertel der gesamten Rebbaufläche Deutschlands. In Österreich steht Müller-Thurgau in der Anbaustatistik mit rund 10 Prozent an zweiter Stelle.

Im Weinhandel ist der Riesling × Sylvaner eine beliebte Sorte, kann er doch schon ein Jahr nach dem Flaschenabzug getrunken werden.

Geiztriebe entwickeln sich bis zum Ende der Vegetationszeit. Gesunde Blätter sind für die Entwicklung der Früchte ausschlaggebend.

Blätter, Geiztriebe, Regen

Die Rebblätter haben für die Entwicklung der Trauben eine wichtige Funktion. Die für den Aufbau des Stockes und für die Entwicklung der Früchte erforderlichen Elemente, Kohlenstoff, Stickstoff, Kali usw., können nicht so, wie sie im Boden oder in der Luft vorkommen, in die lebende Substanz eingebracht, sie müssen zuerst assimiliert werden. Besonders wichtig ist die Kohlendioxid-Assimilation. Diese Umwandlung, bei der Zucker, Säure und andere Stoffe entstehen, findet im Blatt statt, und wie bei allen Umwandlungen ist für diesen Vorgang Energie nötig. Bei der Assimilation ist es die Sonnenenergie.

Exakte Untersuchungen haben nachgewiesen, wohin die in den Blättern aufbereiteten Assimilate wandern. Die untersten Blätter liefern hauptsächlich in Richtung Triebbasis, von wo aus auch die Wurzel miternährt wird. (Sie gewinnt ihre Nährstoffe also nicht nur direkt aus dem Boden.) Die Blätter in der Traubenzone versorgen, besonders während und nach der Blütezeit, die Fruchtstände, während die oberen Blätter die Triebspitzen und die Ranken fördern.

Wenn also die Triebe zu spät eingekürzt und ausgebrochen werden, brauchen die Triebspitzen und die neuen Blätter zu viele Assimilate, die dann in der Traubenzone fehlen. Das kann besonders während der Blütezeit zur Folge haben, dass die Trauben verrieseln, d.h. nicht alle Blüten Früchte ansetzen.

Untersuchungen über die Seitenaustriebe (Geizen) haben gezeigt, dass auch die Blätter dieser Triebe Einfluss auf die Qualität der Trauben haben. Bei einem Versuch an Riesling × Sylvaner-Reben konnte eindeutig festgestellt werden, dass diese Blätter das Öchslegewicht der Trauben verbessern.

Damit ist die Ansicht, dass alle Geiztriebe konsequent ausgebrochen werden müssen, widerlegt. Wieviel und vor allem wann ausgebrochen

werden muss, kann nicht in starren Regeln festgelegt werden. Wie beim Schnitt sind der Zustand des einzelnen Stockes, sein Behang, die Dichte seiner Belaubung massgebend.

Die Blätter geben erst Nährstoffe ab, wenn sie mindestens ein Drittel ihrer endgültigen Grösse erreicht haben, zuvor müssen sie noch von den Wurzeln und später von den benachbarten Blättern ernährt werden.

Die Regenmenge, die in unserem Klima für den Weinbau nötig ist, liegt bei rund 800 bis 1250 mm pro Jahr. Im schweizerischen Rebbaugebiet kann man drei Zonen mit sehr unterschiedlichen Regenmengen abgrenzen.

Sehr geringe Niederschläge, unter 800 mm, in extremen Lagen sogar knapp unter 600 mm, werden im Wallis gemessen. Deshalb müssen die Kulturen hier künstlich berieselt werden. Die doppelte Menge wird im Tessin gemessen (über 1600 mm), mit Spitzenwerten in den Monaten Mai und August.

In den übrigen Regionen liegen die Werte zwischen 800 und 1400 mm. Die trockeneren Gebiete liegen im Regenschatten des Juras (Mittelland) und des Schwarzwaldes (Klettgau). Obere Werte registriert man in der Nähe des Alpenrandes, am Walensee und im unteren Rheintal.

Obwohl der Tessin mengenmässig am meisten Regen erhält, zählt diese Region nur knapp über 100 Regentage im Jahr, während am Zürichsee 140 Regentage gezählt werden.

September
Oktober

Typische, sehr dichte Blauburgun-
der-Trauben vor der Reife.

September

Wetter

Ein schöner September ist der Wunsch jedes Rebbauern. «September schön in den ersten Tagen, will schön den ganzen Herbst ansagen.» Der September ist für den Reifeprozess der entscheidenste Monat.

Arbeit im Rebberg

Wenn sich die Trauben färben, ist die letzte Gelegenheit, den Ertrag noch zu regulieren und die zuviel tragenden Stöcke zu entlasten. Das ist aber nur dort nötig, wo man im Juli zu wenig ausgebrochen hat. Je nach Reifegrad sind nun die Schutzvorrichtungen (Traubenhut) gegen Vogelfrass aufzuziehen. Bewährt haben sich vor allem die mechanischen Vogelschreckanlagen, mit denen bunte Plastikstreifen zwischen den Stockreihen bewegt werden. An Knallapparate gewöhnen sich die Vögel.

Keller

Die Gefässe für die Weinlese müssen bereitgestellt, gereinigt und verschwellt werden.

Klimatabelle der Durchschnittswerte	Temperaturen °C		Niederschläge mm		Sonnenschein Std.	
	1981	1901–1960	1981	1901–1960	1981	1931–1960
Basel	15,1	14,3	104	77	109	160
Bern	13,9	14,0	127	95	84	170
Lugano	17,4	17,5	385	158	114	189
Montreux	15,9	15,3	192	108	102	159
Neuchâtel	15,1	14,7	108	89	102	162
Zürich	14,0	13,5	202	101	77	166

Oktober

Wetter

Bange Tage und Wochen für den Rebbauern. Hält das milde Septemberwetter an, oder kann ein sonnenreicher Oktober ein September-Manko noch ausgleichen? Extreme Wetterumstürze können die Fäulnis an den Trauben sehr kurzfristig fördern. Trockene, warme Oktobertage mit Morgennebeln verbessern den Ertrag täglich. Warten und abwägen, täglich kontrollieren und beraten, wann die Lese angesagt werden soll: ein schwieriger Entscheid.

Arbeit im Rebberg

Anfang Monat muss oft angefaultes Traubengut geerntet werden (Vorlese). Ende Monat ist Hauptlese.

Keller

In der Verarbeitung des eingehenden Traubengutes herrscht Hochbetrieb. Meist wird Tag und Nacht rund um die Uhr gearbeitet.

Klimatabelle der Durchschnittswerte	Temperaturen °C		Niederschläge mm		Sonnenschein Std.	
	1981	1901–1960	1981	1901–1960	1981	1931–1960
Basel	9,9	9,2	114	62	63	109
Bern	8,9	8,6	138	75	84	115
Lugano	12,0	12,3	147	181	124	147
Montreux	10,6	10,1	227	89	70	119
Neuchâtel	9,8	9,2	144	78	68	101
Zürich	9,2	8,4	188	80	72	108

Langsam sich verfärbende Blätter
und taufeuchte Spinnweben –
Vorboten des Herbstes.

Herbst

Nach einem arbeitsreichen Frühjahr und Sommer, wenn sich die ersten Blätter verfärben, die Spinnennetze im Morgennebel glänzen, kann der Rebmann auf den Lohn seiner Arbeit hoffen. Schlimmer ist es, wenn die Ernte im Frühjahr durch Fröste oder im Sommer durch Hagelschlag vernichtet wurde. Denn der Stock muss weiter gehegt und gepflegt werden, gleichgültig ob Trauben hängen oder nicht. Die Laubarbeit muss trotzdem sorgfältig erledigt werden, denn das Fruchtholz für die nächste Ernte wächst im Vorjahr.

Doch auch bis die Trauben geschnitten und gekeltert sind, kann noch viel geschehen, oft werden noch kurz vor der Lese schöne Ernten verdorben oder mindestens in der Qualität stark beeinträchtigt. Der Rebmann wünscht sich jetzt warmes, trockenes Wetter und Morgennebel, die das Laub feucht halten. Starke Regenfälle und tiefe Temperaturen können in wenigen Tagen den Fäulnisprozess fördern und unter Umständen eine Vorlese nötig machen. Sind die Trauben noch nicht reif genug, bleibt dem Winzer nichts anderes übrig, als die Ernte hinauszuschieben, eventuell nochmals zu spritzen und auf einige schöne, warme Tage zu hoffen. Täglich ist der Rebmann in seinen Anlagen unterwegs, in den Genossenschaften wird beraten, Erfahrungen werden ausgetauscht, der Lesebeginn festgelegt. Denn allzulange darf man auch nicht zuwarten, jeder Rebbauer kann sich daran erinnern, dass ein erster Schnee viel Schaden angerichtet hat.

Die hauptsächlich von romantischen Dichtern vielbesungene Weinlese ist nur in Ausnahmefällen eine schöne und vergnügliche Arbeit. Wer einmal in unseren Regionen bei tiefen Temperaturen in aufgeweichtem Boden im Rebberg stand, aus jeder Frucht faule oder unreife Beeren ausschneiden musste, weiss, dass eine gute Ernte hart verdient werden muss.

Die Trauben färben sich

Wenn das Gescheine auswächst und während der Blütezeit steht die Rispe, die später zur Traube wird, aufrecht. Nachdem sich die einzelnen Beeren ausgebildet haben, senkt sich die ganze Frucht langsam nach unten. Zu Jakobi, also am 25. Juli, müssen nach einer alten Bauernregel die Trauben hängen.

Wenn sich dann im August/September die einzelnen Beeren zu färben beginnen, gibt es an jeder Traube unzählige Farbvarianten. Noch lange ist der ungleiche Reifegrad erkennbar, bis kurz vor der Lese die Trauben ihre sortencharakteristische Form und Farbe zeigen. Sobald die Verfärbung einsetzt, muss der Rebbauer seine Vogelschutzmassnahmen vorbereiten und überprüfen, ob die letztjährigen Geräte und Einrichtungen noch intakt sind.

Ein Blauburgunder verfärbt sich. An der gleichen Frucht sind zu dieser Zeit viele Reifegrade zu beobachten.

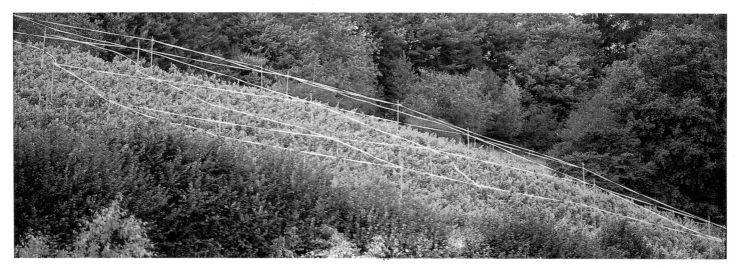

Vogelschutz

Ein letztes, grosses Problem vor der Lese ist der Vogelschutz, denn ungeschützte Anlagen können durch Vogelfrass leicht 10 Prozent des Ertrages einbüssen. Ausserdem sind angepickte Beeren anfälliger gegen Fäulnis und Wespenfrass. Besonders in kleinen, von Wald umsäumten Parzellen ist der Vogelschutz schwierig, finden doch die Vögel guten und nahen Unterschlupf. Kosten aber die Abwehrmassnahmen mehr, als der Ertragsausfall wert ist, geht die Rechnung nicht auf. Deshalb werden immer wieder neue, modernste Errungenschaften, wie zum Beispiel kleine Windmühlen, die Knallapparate auslösen, ausprobiert. Aber auch die alte Vogelscheuche wird hervorgeholt, jedes Mittel ist recht, den Ertragsausfall zu reduzieren. Fast völlig ausgestorben ist der Traubenhüter, der früher den ganzen Tag über durch die Reben streifte, mit seiner Flinte Vögel abschoss und erschreckte, oft aber auch Traubendieben auflauerte.

Weingefässe

Die Römer brachten den Weinbau, den sie von den Griechen übernommen hatten, in unsere Gegenden. Etwas brachten sie aber nicht mit: Holzfässer und Holzbottiche. In den südlichen Gegenden wurden sowohl Wein wie auch andere Flüssigkeiten in Keramikgefässen aufbewahrt und transportiert. Holzfässer hätten sich in diesen heissen, trockenen Gebieten nicht behaupten können, denn sie brauchen eine gewisse Luftfeuchtigkeit, auch wenn sie gefüllt sind. Leer würden sie so stark austrocknen, dass sich die einzelnen Dauben spalten würden. Selbst in unseren Regionen wird das Holzfass bei grosser Hitze beschädigt. So wird 1473 aus dem Bündnerland berichtet: «Ist der Sommer so ausserordentlich warm gewesen, dass die Wälder vor Hitze brannten; die Maas Wein um einen Heller verkauft, da er sich wegen Stärke nicht lange behalten liesse und in den Kellern sogar wegen Tröckne die Reiffe an den Fässern gesprungen.» Auch die sprachliche Bezeichung

bestätigt die nördliche Herkunft des Fasses. Das Wort «Fass» ist germanischen und der Begriff «tonne» keltischen Ursprungs. Zudem wird das älteste Fass in Mainz gezeigt, und einen Fasstransport findet man auf einem Relief in Langres.
Früher war das Überholen und Bereitstellen der für die Lese nötigen Gefässe eine langwierige Arbeit. Alles musste sorgfältig gereinigt und verschwellt werden, das heisst, die Gefässe wurden mit Wasser gefüllt, um vollständig dicht zu werden. Auch die alten Pressen (Torkel/Trotten) mussten jedes Jahr auf ihre Funktiontüchtigkeit überprüft und gereinigt werden.
Heute sind die alten Holzbehälter fast ausschliesslich durch Plastik- und Metallgefässe ersetzt, die für die Bedürfnisse der modernen Kelteranlagen genormt sind.
Mit den alten, vielfältigen Formen der Holzgefässe sind auch die alten Hohlmasse verdrängt und vergessen worden, die in den einzelnen Regionen unterschiedliche Werte

Bücki und Torkel (Seite 95) sowie die kleinen Lesegelten sind bald keine Gebrauchsgegenstände mehr, sondern Antiquitäten.

Die wichtigsten Sorten

ausgewiesen haben. So zum Beispiel enthielt ein Ohm in Baden 1,5, in Hessen aber 1,6 Hektoliter. Auch der Eimer war eine Hohlmassbezeichnung und schwankte zwischen 56,6 und 306 Litern. Das Mass war in Weingegenden meist etwas kleiner als in Ländern, wo mehr Bier getrunken wird. In der Schweiz enthielt es 1,5 Liter, in Österreich 1,415 Liter und in Hessen 1,95 Liter. Ein Fuder war nicht nur die allgemeine Bezeichnung für eine Wagenladung, sondern auch ein Hohlmass zwischen 1500 und 1811 Litern.

Rebstöcke, die in unseren Regionen angebaut werden, sollten frostbeständig sein, das Blattwerk nicht anfällig gegen Mehltau und andere Krankheiten, und die Trauben sollten, besonders im letzten Reifestadium, gegen Fäulnispilze resistent sein. Auch innerhalb der gleichen Sorte sind augenfällige Unterschiede auch vom Laien gut erkennbar, was auf die immer mehr sich durchsetzende Klonenselektion zurückzuführen ist. Klonenselektionen werden oft für grosse Anlagen nur aus einzelnen, besonders geeigneten oder sortentypischen Stöcken gezogen.

Gesunde Blauburgunder, kurz vor der Lese.

Gutedel-Chasselas, die Sorte, die den Fendant, Dorin und Perlan liefert.

Schöner Riesling x Sylvaner-Behang in einer jungen Drahtkultur im Klettgau.

Kanton Aargau

Der Kanton Aargau gehört zu den traditionellsten Weinbaukantonen der Schweiz. Erstmals ist der Weinbau urkundlich 1023 in der Gegend von Baden und Brugg belegt. Ein älterer Fund wurde unter dem Schutthügel von Vindonissa gemacht, stiess man doch dort auf einen Trieb der Vitis vinifera.

In 55 Aargauer Gemeinden werden Reben gezogen, obschon die Gesamtanbaufläche vom Höchststand von 2268 Hektaren Ende des 19. Jahrhunderts im Jahre 1965 auf rund ein Zehntel zurückging. In den letzten Jahren breitete sich die Rebbaufläche in bescheidenem Masse wieder aus.

An den heute wieder vorhandenen 282 Hektaren sind folgende Gemeinden mit mehr als 10 Hektaren beteiligt: Schinznach-Dorf, Tegerfelden, Döttingen, Oberflachs, Villigen, Birmenstorf, Wettingen, Elfingen und Klingnau.

Angebaut wird mehrheitlich Blauburgunder, gefolgt von Riesling × Sylvaner, wobei die Drahtkulturen vorherrschen. Die früher recht grossen Anteile an Elbling, Räuschling und Gutedel wurden zurückgedrängt, ebenso die Direktträger. Bei Weinkennern bekannt ist vor allem der ausgezeichnete Riesling × Sylvaner aus Schinznach und der rote Goldwändler aus Ennetbaden. Es lohnt sich aber durchaus, auch die übrigen, kleineren Lagen des Kantons zu entdecken und zu kosten, zum Beispiel den roten Habsburger, der am Südhang des berühmten Schlossberges wächst.

Die Kantone Basel-Stadt und Basel-Land

Auch der Kanton Basel-Stadt gehörte einst zu den Weinbaugebieten der Schweiz. Ende des 16. Jahrhunderts wurden auf dem heutigen Gebiet von Klein- und Grossbasel 2 Millionen Liter Wein geerntet. Heute existiert im Kanton Basel-Stadt nur noch in der Gemeinde Riehen ein Rebberg.

Auf dem Gebiet des Kantons Basel-Land wurden 1815 noch 29 Gemeinden gezählt, die Wein anbauten. Über 600 Hektaren betrug die Anbaufläche. Heute ist der Bestand auf 56 Hektaren in 15 Gemeinden abgesunken. Besonders in den stadtnahen Gemeinden haben Wohnbauten und Industrieanlagen die Rebberge verdrängt. Allein Münchenstein besass ein Rebareal von 47 Hektaren, das heute vollständig verschwunden ist. Arlesheim besass einmal 71 Hektaren, heute sind es, an schöner Lage, noch knapp 3 Hektaren.

Im oberen Baselbiet sind einige schöne Lagen erhalten geblieben. In Maisprach mit 6,5 Hektaren ist der Sonnenberg bekannt, und in Buus trägt eine steile Lage die Bezeichnung Paradies.

Kanton Bern

Spricht man von Bern als Rebbaukanton, denkt man zuerst an die ausgedehnten Rebhänge am Bielersee. Tatsächlich liegen 230 Hektaren der insgesamt 252 Hektaren im Kanton in dieser Region.

Angebaut wird am Bielersee zu 75 Prozent Gutedel-Chasselas und zu 20 Prozent Blauburgunder, die restlichen 5 Prozent verteilen sich auf sechs weitere Sorten wie Riesling × Sylvaner, Pinot gris usw. Bei Neuanlagen wird vor allem die Drahtkultur bevorzugt, die wirtschaftlicher ist als der Stickelanbau und sicher noch mehr an Boden gewinnen wird. Zur Zeit sind es rund 40 Prozent.

Durch einen Beschluss der Berner Regierung aus dem Jahre 1947 werden die Gemeinden Ligerz, La Neuveville (Neuenstadt), Twann, Tüscherz und Biel als ein einziges Produktionsgebiet zusammengefasst. Die Weine werden unter der Bezeichnung Twanner, Schafiser oder Bielerseewein angeboten. Als Ausnahmen gelten die Bezeichnungen Vingelzer, Tüscherzer und Neuensdtäder, wenn die Trauben zum überwiegenden Teil aus diesen Ortschaften stammen.

Auf der St. Petersinsel liegen die Reben der Berner Bürgergemeinde, unmittelbar südlich, am Sonnenhang des Jolimont, die Anlagen von Tschugg und Erlach, die 1971 bis 1974 mit einer Gesamtmelioration besser erschlossen und neu ausgeschieden wurden.

Die restlichen Berner Reben befinden sich in Oberhofen und Spiez am Thunersee. Sie werden genossenschaftlich bewirtschaftet und im Keller des Schlosses Spiez gelagert. Am Thunersee wird zu 65 Prozent Riesling × Sylvaner angebaut, der Rest entfällt auf Blauburgunder.

Kanton Freiburg

Seit es im Kanton Freiburg Reben gibt, sind sie am Wistenlacher Berg, französisch Mont Vully, angesiedelt. Am südlichen Ende dieses Moränenhügels zwischen Murten- und Neuenburgersee liegt auch die Waadtländer Weinbaugemeinde Vallamand. Mit Sicherheit wird angenommen, dass die Römer von Aventicum aus die Reben hier eingeführt haben. Früher, im Jahre 1900, war das Weinbaugebiet des Kantons mit 213 Hektaren viel grösser als heute. Man hat sich inzwischen auf die klimatisch günstigen Lagen beschränkt. Neben dem Wistenlacher Areal besitzen nur noch die Gemeinden Cheyres und Font am Neuenburgersee Reben. Heute beträgt die Anbaufläche im Kanton noch rund 100 Hektaren.

Durch viele Erbteilungen und Besitzerwechsel war das Rebgelände am Mont Vully mit der Zeit in 810 kleinste Parzellen, die die Pflege unwirtschaftlich machten, zerstückelt. Nur durch eine Güterzusammenlegung konnte das Gebiet wieder vernünftig erschlossen und bewirtschaftet werden. Heute zählt es «nur» noch 270 Parzellen! Vorherrschend ist der weisse Chasselas-Gutedel, der bereits zu 80 Prozent auf Drahtbau umgestellt ist. Eine Besonderheit des Freiburger Weinbaues sind die ausserkantonalen Besitzungen. So bewirtschaftet der Staat Freiburg – dies das wichtigste Beispiel – 14 Hektaren in bester Lage auf dem Gebiet der Gemeinde St-Saphorin.

Am Broye-Kanal, die äussersten
Häuser von Sugiez und ein Teil der
meliorierten Anlage am Wistenla-
cherberg – Mont Vully.

Hier werden noch Holzbüki und
Holzstanden verwendet.

Die Lese – der Wümmet

Es ist ein befreiender Augenblick,
wenn die Fahrzeuge mit den grossen
Lesestanden in die Rebberge gefah-
ren werden. Endlich wird sich zeigen, ob die Ernte den Erwartungen
entspricht, ob die Prognosen bestätigt, der Lesetermin richtig angesetzt wurde.

In den verschiedenen Kantonen und
Regionen sind es unterschiedliche
Behörden oder Genossenschaften,
die den Lesebeginn festlegen. Vor-
geschrieben wird auch, von den
kantonalen Landwirtschaftsdirek-
tionen, wieviel Zuckergehalt
(Oechslegrade) die Trauben errei-
chen müssen, damit der Wein mit
einer Lagebezeichnung angeboten
werden darf. Liegen die Wägungen
unter der behördlich festgelegten
Limite, wird der Wein unter einer
Sammelbezeichnung (z.B. Tisch-
wein) in den Handel gebracht. Die
Preisunterschiede sind gross, es lohnt
sich daher in den wenigsten Fällen,
zu grosse Erträge am Stock zu
belassen, Qualität kommt vor
Quantität.

Bei der Lese, dem Herbsten, dem
Wümmet, Wimmet oder Windet,
ist es dem einzelnen Rebbesitzer
überlassen, nach dem offiziellen
Lesebeginn die Trauben weiter hängen zu lassen, sofern es die Witterung zulässt. Ist der Behang gesund,
können einige sonnige Herbsttage
noch erhebliche Qualitätsverbesse-
rungen bringen.

Ein idealer Wümmet findet bei
sonnigem, trockenem Wetter statt,
zu warm sollte es aber nicht sein.
Unter guten Bedingungen kann die
Ernte schnell abgeschlossen werden.
Bis dreimal länger kann sie dauern,
wenn jede Frucht einzeln geprüft,
faule oder unreife Partien weggeschnitten werden müssen oder wenn
gar eine Vorlese notwendig ist, also
schon damit ein doppelter Zeitaufwand anfällt. Der Stundenaufwand
für die Lese kann die Jahreskosten
entscheidend beeinflussen.

Neblig, aber trocken wünscht man sich das Wümmet-Wetter.

105

Oechsle-Wägung

Mit der Oechsle-Wägung wird der Zuckergehalt der Trauben festgestellt. Für den finanziellen Ertrag der Ernte ist diese Messung entscheidend, denn es wird ja nicht nur die Menge, sondern auch die Qualität bezahlt. Die erste Wägung nimmt in der Regel der Rebbesitzer oder Pächter schon während der Ernte vor. Man will wissen, was man bei der amtlichen Wägung zu erwarten hat. Einige Trauben werden zerstossen, der Saft wird in einen Zylinder geschüttet und dann mit dem Aräometer der Zuckergehalt festgestellt. Die zweite Wägung ist dann die offizielle, die allein massgebend ist und auch in die Statistik aufgenommen wird. Diese Wägungen bilden einen Teil der Weinlesekontrolle, die jeder Kanton bis Ende November abgeschlossen haben muss.

Ablieferung der Ernte

Bis spät in die Nacht hinein und, wenn die Ernte schnell eingebracht werden muss, auch bis in die frühen Morgenstunden herrscht in den grossen Kellereien, den Annahmestellen der Genossenschaften, Hochbetrieb.

Die meisten Weinbauern haben in den letzten Jahrzehnten die Sorge um die Entwicklung des Weines im Fass den Kellereien übertragen. Mit der Ablieferung der Ernte ist für die Bauern der Jahreslauf im Rebberg abgeschlossen. Was jetzt noch getan werden muss, ist schon ganz auf das kommende Jahr ausgerichtet. Nach der Ablieferung wird das Traubengut sofort gemahlen und die Maische in Gärbottiche gepumpt. Bei einer Temperatur von 12 bis 18 Grad dauert die Gärung 7 bis 8 Tage. Durch Erhitzung der Maische kann der Gärprozess beschleunigt werden, ein Verfahren, das heute mehrheitlich angewendet wird, da damit verschiedene Nachteile bei der Maischegärung dahinfallen.

Die früher zum Abpressen benötigten grossen Baumpressen haben unscheinbaren, aber sehr leistungsfähigen hydraulischen Pressen Platz gemacht.

Genormte, den Transportanlagen angepasste Metallgefässe werden den Weinbauern zur Verfügung gestellt.

Die kleinsten Rebbaukantone: Glarus, Schwyz und Solothurn

In Niederurnen liegt das einzige Rebbauareal im Kanton Glarus. Nur nebenberufliche Rebbauern bewirtschaften auf 30 Parzellen rund 1,5 Hektaren. 70 Prozent der Anlagen sind mit Blauburgunder bestockt, 20 Prozent mit Riesling × Sylvaner. In diesen kleinen Parzellen dominiert der Stickelanbau mit Zapfenschnitt zu 90 Prozent. Unter dem herbstlichen Föhneinfluss erreicht der Glarner Wein überdurchschnittlich hohe Oechsle-Wägungen, in der Regel zwischen 80 und 90 Grad Oechsle. Der Kanton Schwyz ist bekanntlich auch Seeanstösser am Zürichsee. In dieser Gegend, südlich von Freienbach, in einem vom See her nicht sichtbaren geschützten Tal, liegen die rund 12 Hektaren Schwyzer Reben. Riesling × Sylvaner und Blauburgunder beanspruchen fast 90 Prozent der Anbaufläche. Rund ein Dutzend Weinbauern bewirtschaften das Gebiet, das den auch über die Kantonsgrenzen hinaus bekannten Leutschner

liefert. 2,4 Hektaren werden vom Gutsbetrieb des Klosters Einsiedeln betreut und vermarktet und zum grössten Teil auf der Insel Ufenau ausgeschenkt.

Auch der Kanton Solothurn besass im letzten Jahrhundert etwa 100 Hektaren Rebland. Wichtigste Weinbaugemeinde war damals schon Dornach, wo auch heute noch drei Rebbesitzer knapp über 20 Aren bewirtschaften. Rodersdorf, Bättwil und Büren weisen noch einige sehr kleine Parzellen auf, der Gesamtbestand erreicht aber kaum noch eine halbe Hektare.

Mischkultur, eine Spezialität im
Tessiner Rebbau (Mendrisio).

Kanton Tessin

Malans in der Bündner Herrschaft, wo im Gasthaus Krone der Wein noch selber gekeltert wird.

Kanton Graubünden

Mit 813 Hektaren Rebanlagen ist der Kanton Tessin ein bedeutender Weinlieferant. 184 von 253 Tessiner Gemeinden sind Weinbaugemeinden. Die wichtigsten Sorten sind Merlot und Nostrano. 90 Prozent aller Anlagen bestehen heute aus Drahtkulturen. Die alten Pergolakulturen verschwinden langsam oder halten sich nur noch in Gärten und an extrem steilen Lagen. Weit verbreitet sind aber immer noch die Zwischen- und Mischkulturen, besonders bei Besitzern kleinster Parzellen. Der Weinbau im Tessin hat in den letzten Jahren einen erfreulichen Aufschwung erfahren. Die Qualitätsbezeichnung VITI hat im Handel einen guten Ruf und wird nur Weinen verliehen, die verschiedene Qualitätsprüfungen bestanden haben.

Ein bedeutendes Weinbaugebiet ist der Bezirk Bellinzona. Von dort zieht sich am steilen Hang der Magadinoebene ein schmaler Gürtel von Reben bis in die Gegend von Locarno. Die Bezirke Locarno und Lugano gehören ebenfalls zu den produktivsten Anbaugebieten, doch an der Spitze steht der Bezirk Mendrisio.

Eine Besonderheit des Tessiner Weinbaus sei noch erwähnt. Die Anbaugebiete werden nicht nur in Flächenmassen deklariert, sondern die Statistik basiert auf der Anzahl der Rebstöcke, was auf die nicht klar ausscheidbaren Mischkulturen zurückzuführen ist. 1974 besassen 9361 Rebbesitzer 4 131 970 Stöcke, davon waren 2 085 102 Merlot- und 857 302 Nostrano-Trauben. Die berühmte Tessiner Americana ist von 2 653 820 Stöcken im Jahre 1950 auf 1 127 725 zurückgegangen. Es ist allerdings nicht anzunehmen, dass irgendein staatlicher Statistiker die Stöcke nachgezählt hat.

Jenins in der Bündner Herrschaft.

Der Bergkanton Graubünden besitzt an seiner Nord- und Südgrenze beachtliche Weinbaugebiete. Im Norden ist es die Bündner Herrschaft, im Süden das Misox und das Puschlav.

Die Bündner Herrschaft mit den Gemeinden Fläsch, Maienfeld, Jenins und Malans ist ein ideales Rebgebiet. Die Anbauflächen liegen auf den meist flachen Schuttkegeln und deren Ausläufern. Der Boden ist humusreich, und das Schiefergestein, das leicht verwittert, sichert den nötigen Kalkgehalt. Die Topographie erlaubt fast durchwegs eine rationelle, maschinelle Bearbeitung der Reben.

1875 besass die Herrschaft 274 Hektaren Rebanlagen. Nach einem vorübergehenden Absinken auf 186 Hektaren hat das Rebareal dank Meliorationen und Neuanlagen wieder zugenommen, und bald dürfte die vor hundert Jahren vorhandene Fläche wieder erreicht sein. Das Klima im Bündner Rheintal ist ideal. Besonders die vielen Föhntage im Herbst bewirken, dass hier die in der Ostschweiz höchsten Oechslewerte erreicht werden. Wägungen von unter 80 Grad Oechsle sind für die Herrschaft ein schlechter Jahrgang. Erst wenn der Durchschnitt über 90 Grad Oechsle beträgt, wie dies 1964, 1969 und 1971 der Fall war, sprechen die Herrschäftler Weinbauern von einem Spitzenjahrgang.

Das grosse Problem für die Bündner Herrschaft sind die tiefen Wintertemperaturen. Oft entstehen dadurch grosse Schäden, was sich in sehr unterschiedlichen Jahreserträgen auswirkt. 1956 zum Beispiel wurden 250 Hektoliter, 1963 5040, 1964 10 100, 1969 7050 und 1973 15 402 Hektoliter Wein produziert. Die wichtigste Anbausorte in Nordbünden ist der Pinot noir mit einem Anteil von 96 Prozent. Eine weisse Spezialität ist der Completer, der urkundlich 1321 erstmals erwähnt wird.

Zu den Nordbündner Rebgebieten gehören auch noch die Anlagen in Igis, Zizers, Trimmis, Chur und bei Domat/Ems.

In Südbünden umfasst die Rebfläche 52 Hektaren, die grössten Anlagen befinden sich in Roveredo. Anbau und Sorten sind ähnlich wie im Kanton Tessin. Die weitverbreitetste Sorte ist die Merlot-Traube.

Früher waren die Rebberge in der Bündner Herrschaft mit Mauern umschlossen und damit gegen das Weideland abgegrenzt. Schöne Tore als Zugänge zu den Parzellen sind heute noch anzutreffen.

Metallgefässe oder Plastikbehälter
müssen im Herbst nicht verschwellt
werden und sind leichter zu lagern.

November
Dezember

Der Trottenbaum aus Rudolfingen, der von der Zürcher Riesbach-Zunft unterhalten wird.

November

Wetter

Martini, der 11. November, ist ein wichtiger Tag im Bauernjahr, denn es ist vor allem Markt- und Zinstag. Damit aber die Zinsen bezahlt werden können, werden auf diesen Termin auch die Traubengelder ausbezahlt. Wenn es an Martini schon schneit, sagen die meisten Bauernregeln keinen strengen Winter an.

Arbeit im Rebberg

Spätlesen können noch im November eingebracht werden.
Wenn die Blätter mit dem Stiel abfallen, deutet dies auf gesundes, gut ausgereiftes Holz, welches für das nächste Jahr wieder eine gute Grundlage bildet.

Keller

Die Maische wird abgepresst, die Gärung ist zu kontrollieren, und der Wein wird umgezogen.

Klimatabelle der Durchschnittswerte	Temperaturen °C		Niederschläge mm		Sonnenschein Std.	
	1981	1901–1960	1981	1901–1960	1981	1931–1960
Basel	5,2	4,3	51	58	107	60
Bern	3,6	3,5	50	71	128	59
Lugano	6,7	7,1	1	133	178	110
Montreux	5,5	5,5	77	84	72	68
Neuchâtel	4,7	4,3	52	87	111	44
Zürich	4,7	3,3	53	72	118	51

Dezember

Wetter

«Weisse Weihnacht, grüne Ostern»
– oder umgekehrt, das ist die ver-
breitetste Wetterregel für den
Monat Dezember. Eine besonders
nette Formulierung stammt aus der
Westschweiz: «Wenn man die
Weihnachtskuchen an der Sonne
isst, tütscht man die Eier hinter dem
Ofen.»

Arbeit im Rebberg

Alte Bestände, die erneuert werden
sollen, rodet man im Dezember und
pflügt tief um für den Neuanbau.

Keller

Der Säureabbau wird kontrolliert
und der Wein auf Reintönigkeit
geprüft.

Klimatabelle der Durchschnittswerte	Temperaturen °C		Niederschläge mm		Sonnenschein Std.	
	1981	1901–1960	1981	1901–1960	1981	1931–1960
Basel	1,9	1,4	149	50	40	52
Bern	0,4	0,2	141	65	34	46
Lugano	3,0	3,2	156	91	103	102
Montreux	3,1	2,3	144	83	34	57
Neuchâtel	1,4	1,3	193	84	31	29
Zürich	0,6	0,2	169	73	23	37

Erster Schnee

Noch hängen teilweise die Vogel-schutz-Vorrichtungen in den Reben, und schon muss man mit ersten Schneefällen rechnen. In tieferen Lagen sind zwar diese ersten Winterboten meist harmlos, und die weisse Decke ist bald wieder weggeschmolzen.

Wenn es die Witterung zulässt, werden die letzten trockenen Tage ohne Frost genutzt, um Neuanlagen vorzubereiten. Meist sind dafür umfassende Planierungsarbeiten nötig, bei grösseren Anlagen müssen auch Zufahrts- und Erschliessungs-strassen neu erstellt werden. Grosse Areale werden bei Erneue-rungen in verschiedenen Etappen bearbeitet, damit der Ertragsausfall nicht zu gross wird und die doch beachtlichen Investitionen auf mehrere Jahre verteilt werden kön-nen.

Erster Schnee im Zürcher Weinland.

Fasswappen im Klosterkeller Rheinau.

Der Wein im Fass

Die Vergärung und Lagerung der Weine bis zur Flaschenabfüllung erfolgt in Fässern. Das traditionelle Holzfass gilt in vielen Kreisen immer noch als bester und für die Entwicklung des Weines förderlichster Aufbewahrungsort. Holzfässer verlangen aber mehr Pflege als zum Beispiel die in Grosskellereien verwendeten, meist mit Glas ausgekleideten Zementfässer oder die Tanks aus rostfreiem Stahl oder Aluminium, die in der Regel mit Kunstharzbelägen beschichtet sind. Sicher wird die Diskussion pro und kontra Holzfass nicht so bald abbrechen. Ob sich der Wein aber gut entwickelt, hängt immer noch von vielen anderen Faktoren ab, denn die Kellereitechnik ist heute eine Wissenschaft. Es ist Sache des Kellermeisters, dessen Entscheide für die Qualität des Weines massgebend sind, die neuesten wissenschaftlichen Erkenntnisse zu studieren und anzuwenden.

Kleine Lagen werden auch heute noch gerne in Holzfässern gelagert.

Hagel

Zu den ständigen Bedrohungen im Rebberg gehört der Hagelschlag, der das ganze Jahr über auftreten kann und keine Region verschont. Lagen, in denen über Jahrzehnte keine Hagelschläge registriert wurden, können plötzlich stark betroffen werden. Am häufigsten treten Hagelwetter zwischen den Monaten Mai und September auf, im Juli ist die Hagelgefahr am grössten.

Der Rebstock, besonders an den jungen Trieben, ist sehr empfindlich. Auch kleine Hagelkörner können Blätter und Gescheine abschlagen oder die Blätter durchlöchern. Schlimmer ist es, wenn das Holz beschädigt wird und sich dadurch der Schaden noch im kommenden Jahr auswirkt. Wenn die Rebberge im September verhagelt und die reifenden Trauben beschädigt werden, kann durch Fäulnis die Ernte vernichtet werden.

Glücklicherweise treten Hagelwetter meist nur sehr kleinräumig auf.

Nur wenige, kleine Hagelkörner haben diesen Stock beschädigt. Geiztriebe wachsen bereits wieder aus. Heftige Hagelwetter können in Minuten die ganze Ernte zerstören.

Holz-Feuer

Mit dem Verschwinden der Kachelöfen in manchem Rebbauernhaus wurde auch das Rebholz überflüssig, das in der Übergangszeit vom Herbst zum Winter und vom Winter zum Frühjahr den Ofen genügend erwärmte.

Nach dem Schnitt wird deshalb das Holz gleich im Rebberg zu grossen Haufen aufgeschichtet und verbrannt. Wird das Rebholz aber noch gebündelt und nach Hause geführt, legt man es schon beim Schnitt ordentlich und aufgeschichtet bereit. Rebholz und Rebasche fanden früher vielfältige Verwendung. In der Dorfschmiede zum Beispiel wurde die Rebasche beim Schweissen verwendet, und die Frauen setzten die Wäschelauge damit an.

Seit es Mode geworden ist, Fleisch über Rebholzfeuer gebraten anzubieten, sind sogar die einjährigen Ruten begehrt, ganz zu schweigen von der grossen Nachfrage, wenn ein ganzes Rebareal ausgestockt wird. Einige knorrige Rebstöcke neben dem Cheminée zu haben, ist beinahe ein Statussymbol, mindestens für gewisse Nobel-Lokale. Brennendes Rebholz hat eine ganz besondere Farbe. Wie aus Gasdüsen schiessen die Flammen aus den Zweigen, und die rotglühenden, verglimmenden Stöcke leuchten intensiv. Das Alter eines Rebstockes kann nicht an Jahrringen abgelesen werden wie bei den Bäumen, das Holzwachstum verläuft anders, es bilden sich keine Jahrringe.

Gesetze

Rebbau und Weinhandel werden in der Schweiz durch strenge Gesetze geregelt. Die Weingesetzgebung hat eine schon jahrhundertealte Tradition. Dies ist verständlich, denn die Obrigkeit, die am meisten Wein konsumierte, wollte stets verhindern, dass man ihr schlechten Wein ablieferte. Die Klöster haben ebenfalls Vorschriften erlassen, auch sie wollten den Zehntenwein nicht verdünnt erhalten. Wie man Wein ohne Trauben herstellt, wurde von pfiffigen Händlern zu allen Zeiten verstanden, in gesetzlosen Zeiten schossen die Produkte dieser Leute arg ins Kraut.

Die wirtschaftlichen Belange werden im sogenannten Landwirtschaftsgesetz (Bundesgesetz über die Förderung der Landwirtschaft und die Erhaltung eines gesunden Bauernstandes), im Weinstatut (Verordnung über den Rebbau und den Absatz der Rebbauerzeugnisse) sowie im Reglement zum Bundesratsbeschluss über die Ausübung des Handels mit Wein geregelt.

Für die Durchführung und Einhaltung dieser Gesetze und Reglemente sind die Kantone verantwortlich. Diese können auch eigene, strengere Vorschriften erlassen. So stellt zum Beispiel der Bundesrat ein Sortenverzeichnis zusammen (Art. 8 Weinstatut), aber die Kantone können das amtliche Verzeichnis auf die Bedürfnisse ihrer Region ausrichten. Im Gesetz sind auch die Rebbauzonen festgelegt, die entsprechenden Katasterpläne liegen bei den Kantonen und Gemeinden.

Die Rebbauern müssen, nach Weisungen der kantonalen Behörden, genaue Angaben über die Ernte abliefern. Bei den zuständigen Ämtern werden diese Angaben zusammengestellt, ausgewertet und an die Bundesbehörden weitergeleitet. Auch die Reife- und Weinlesekontrolle entspricht eidgenössischen Vorschriften.

Strenge Vorschriften werden den Weinhändlern auferlegt. Der Weinhandel ist konzessionspflichtig, und für jeden Handelsbetrieb ist die

Kellerkontrolle obligatorisch. Die entsprechenden Bücher müssen jederzeit vorgelegt werden können. Geht es um die Qualität der Weine, ist das Bundesgesetz betreffend den Verkehr mit Lebensmitteln und Gebrauchsgegenständen zuständig. Daneben gibt es noch das Kunstweingesetz. Als Kunstwein wird jeder Wein bezeichnet, der nicht ausschliesslich aus Trauben gewonnen wird. Mit Wasser verdünnter Wein ist demzufolge nach Gesetz ein Kunstwein. Auch in diesem Bereich sind die Kantone mit der Durchführung der Kontrollen betraut.

Ein wichtiger Teil des Lebensmittelgesetzes sind die Bestimmungen über die Deklaration (Namensgebung) der Weine. Diese Vorschriften sind sehr eng gefasst, damit keine Täuschungen möglich sind. So weiss jeder Konsument, was in die Flasche abgefüllt wurde. Verlockende Phantasienamen sind nicht gestattet.

Die Tendenz im neuen Weinstatut, das seit 1981 in Kraft ist, geht eindeutig dahin, den Qualitätsanbau gegenüber der Quantität zu fördern. Eine Qualitätsverbesserung liegt sicher auch im Interesse der meisten Konsumenten.

Statistisches um Ertrag und Kosten

Etwas über 1 Prozent des Kulturlandes in der Schweiz beanspruchen die Reben. Am Ertrag, den die schweizerische Landwirtschaft erwirtschaftet, ist der Weinbau mit 5,8 Prozent beteiligt. Das heisst also, dass in Gebieten, wo kaum Ackerbau betrieben werden könnte, mit Rebanlagen ein fast fünfmal grösserer Ertrag gewonnen werden kann. Doch diese Vergleiche haben wenig praktischen Aussagewert, denn der Ertrag muss ja in Relation zum gesamten Produktionsaufwand gesehen werden. Die zweite Relation ist die des reinen Kiloertrages, der von Jahr zu Jahr starken Schwankungen unterliegt.

Grosse Unterschiede stellen wir bereits beim Arbeitsaufwand fest. Wo nicht mit mechanischen Hilfsmitteln grossflächig gearbeitet werden kann, steigt der Arbeitsstundenanteil rapide an.

Im Kanton Genf rechnete man 1973 pro Hektare mit einem Arbeitsaufwand von 735 Stunden pro Jahr. Im arbeitsintensiven, kleinparzellierten Lavaux-Gebiet sind es 1760 Stunden (Vergleich beim Weizenanbau: 50 Stunden). Die direkten Auswirkungen auf die Produktionskosten sind klar ablesbar. In Genf belaufen sie sich auf Fr. 14 517.– pro Hektare, im Lavaux auf Fr. 33 837.–. Der Ertrag im Lavaux muss also mengen- und qualitätsmässig mindestens doppelt so viel abwerfen, um die gleiche Rendite zu ergeben. Die Produktionskosten in den ostschweizerischen Rebbaugebieten liegen bei Fr. 21 000.– (durchschnittlicher Arbeitsaufwand: 1140 Stunden).

Rechnet man mit einem Hektarertrag von rund 70 Hektolitern (Schnitt 1974: 61,3 Hektoliter), ist leicht auszumachen, wie hoch der Übernahmepreis der Weinproduzenten angesetzt werden muss, bis nur die reinen Produktionskosten abgedeckt sind.

1974 wurde zum Beispiel für die Rotweine ein gesamtschweizerischer Durchschnittspreis von Fr. 334.– pro Hektoliter bezahlt. Das brachte für 307 020 Hektoliter einen Ertrag von rund 102 Millionen Franken. 1973 wurden dagegen 489 722 Hektoliter abgeliefert, zu einem Durchschnittspreis von Fr. 338.–. Das ergab 165 Millionen, also eine Schwankung von 63 Millionen im Laufe zweier Jahre.

Solche Schwankungen von Jahr zu Jahr, sogar von Ort zu Ort, zum Beispiel bei Hagelschlag, muss der Weinbauer einkalkulieren. Nur wer im Durchschnitt der Jahre eine qualitativ gute, ausgeglichene Ernte einbringen kann, bleibt konkurrenzfähig und kann weiterbestehen. Aufgrund dieser Tatsache ist die Ausscheidung von Rebbauzonen absolut sinnvoll. Reben dürfen nur dort angepflanzt werden, wo in einem Normaljahr eine gute Traubenreife möglich ist.

Historisches

Extreme Wetterlagen, für die man keine Erklärung fand, haben die Phantasie der Menschen immer angeregt. Deshalb wird in alten Chroniken immer wieder auf die Wetterverhältnisse hingewiesen, und so wissen wir, dass die Jahre 312 und 545 für den Weinbau in Deutschland völlige Missjahre waren und im Jahre 802, mit einem extrem kalten Winter, die meisten Reben erfroren.

Doch wenden wir uns näherliegenden Ereignissen zu. Aus der Jeninser Kirchturmchronik erfahren wir, dass im Dezember des Jahres 1850 gewaltige Stürme wüteten und Erdbeben registriert wurden. Das Postschiff auf dem Walensee sei mit Mann und Maus untergegangen. Aber das war nur der Auftakt zum ganz aussergewöhnlichen Jahr 1851, denn im Januar stürmte es weiter, und erneut bebte die Erde. Im April registrierte man den heissesten Tag des Jahres, die Reben hatten schon ausgetrieben, und die Schosse wuchsen. Im August brachten ungeheure Regenfälle Gefahr für die Dörfer, im Oktober fegte ein heisser Föhn durchs Tal, der von einem Nordsturm abgelöst wurde. Am 31. Oktober fiel der erste Schnee, es schneite vier Tage lang, bis der Schnee zwei Fuss hoch lag und die Rebstöcke mit den reifen Trauben unter dem Schneedruck zusammenbrachen. Bis zum 10. November wartete man auf besseres Wetter, aber die Temperaturen sollten bis Neujahr zwischen minus 4 und 12 Grad liegen. So musste man trotz Schnee und Kälte im November und Dezember wimmlen. Zuerst wurden die Eisklumpen und der gefrorene Schnee von den Stöcken geschlagen. Unter dem Schnee fand man haufenweise schöne Trauben. Mit Schlitten führte man die Ernte in die Dörfer. Die Beeren waren hart gefroren. Dass bei diesen Verhältnissen keine Gärung zustande kommen konnte, ist selbstverständlich. In kleinen Gefässen wurde daher der Most in die geheizten Stuben gestellt und so die Gärung erreicht.

Alte Weisheiten

Im 40. Kapitel der Benediktiner Regel (um 530) wird auf sehr feine, aber eindringliche Weise zur Mässigkeit beim Weingenuss aufgerufen:

«Ein jeder hat eine besondere Gabe von Gott, der eine diese, der andere jene. Deshalb bestimmen wir nur mit einer gewissen Ängstlichkeit das Mass der Nahrung für andere. Mit Rücksicht auf die schwachen Naturen glauben wir indessen, dass für jeden eine Hemina (ca. 3 dl) Wein im Tag ausreiche. Wem jedoch Gott die Kraft verleiht, sich davon ganz zu enthalten, der darf wissen, dass er einen besonderen Lohn empfangen wird. Wir lesen freilich, der Wein passe für Mönche überhaupt nicht; allein da man in unserer Zeit die Mönche davon nicht überzeugen kann, so wollen wir uns wenigstens damit zufrieden geben, dass wir nie bis zur vollen Sättigung trinken, sondern etwas weniger. Denn der Wein verleitet sogar Weise zum Abfall.»

Dank

Für Yvonne und Anna-Katharina, die mich auf vielen Foto-Weinreisen begleitet haben.

Herbert Neukomm, Rebbaukommissär des Kantons Schaffhausen, hat mir die ersten Angaben über die Arbeiten im Rebberg zusammengestellt. Aus dem damals geplanten kleinen Arbeitskalender hat sich innerhalb von fünf Jahren dieses Buch entwickelt.
Die Reihenaufnahmen und viele Detailaufnahmen stammen alle vom gleichen Rebstock, einem Blauburgunder im Rebberg der Stadt Schaffhausen. Rolf Fehr danke ich dafür, dass er mir das Eindringen in den Rebberg erlaubte.
Rolf Wessendorf, Fotograf, hat mich über Jahre hinweg gut beraten und ist stets auf meine Spezialwünsche eingetreten.